Hoffnung ist das Ding mit Federn

Michael Lichtwarck-Aschoff

Hoffnung
ist das Ding mit Federn

Vom Fliegen.
Drei Versuche und ein halber

KLÖPFER&MEYER

»Der Mensch muss wissen, dass er da war.«

GUSTAV MESMER

Kopfweide

An den Himmel muss ich mich erinnern, den darf ich nicht vergessen. Den Märzwind auch nicht, der so unbändig gezerrt hat. Als wenn er diesen Himmel hätte losreißen wollen von der Alb, dort hinten im Süden. Weil so ein blauer Himmel im März da noch gar nicht hin gehört.

Sich an alles fest erinnern. Jede Kleinigkeit zählt. An was ich mich erinnere, das gehört mir. Sonst praktisch nichts. Nur das ist meins:

Die paar Bücher, die mir der Gustav gelassen hat. In einem davon steckt ein Photo von ihm.

Ein Sonntagsgewand.

Mein Name.

Solange ich mich an alles fest erinnern kann, gehört mir dieser Tag. Obwohl, eigentlich gehört er dem Gustav. Fein wäre gewesen, wenn er uns beiden hätte gehören können. Aber ich glaube, das ist nicht zulässig.

Am Abend zuvor habe ich zum Gustav gesagt:

»Jetzt lass dich noch einmal anschauen, Gustav, bevor du morgen in den Himmel fliegst. Dein Flug. Das Datum schreibe ich mir auf. Es wird der 4. März 1946 gewesen sein. Den Tag müssen wir uns fest merken, der Tag von Gustavs Himmelfahrt.«

War mehr spaßig gemeint. Ich weiß doch, dass der Gustav nicht fliegt. Er kann es nicht. Weil keiner es kann. Auch Gustav nicht, der sonst alles kann, was er sich vornimmt. Auf einer Postkarte, wo vorne eine Familie fröhlich zu einem Zeppelin über dem Bodensee hinauf winkt, hat Gustav mir aufgeschrieben:

»Wird da der Mensch nicht neidig, hat Gott ›DEN‹ Vögeln Schwingen erschaffen u. Dir Mensch nicht, er ist doch, die Krone des Lebenden. Hat Gott da was vergessen oder ein anderes Ziel vorbehalten? Seit der Existenz des Menschen, Versucht einer u. der andere, künstliche Flügel zu bauen. Er will einfach auch fliegen können.«

Der liebe Gott hat nicht vergessen, uns Flügel auf den Rücken zu schnallen. Er hat das unterlassen, weil er es nicht gewollt hat. Er vergisst schon nichts bei der Krone des Lebenden. Gustav will das nicht wahrhaben. Bei jedem anderen, der so stur einen Flugapparat nach dem anderen bauen würde wie der Gustav, wäre es Gotteslästerung. Ich verstehe selber nicht, warum es beim Gustav keine Gotteslästerung ist. Vielleicht hoffe ich es ja nur.

Wie ich das mit der Himmelfahrt gesagt habe, hat Gustav nichts darauf geantwortet. Mit dem Gustav einen Spaß machen, ist so eine Sache. Nicht weil er so ernst wäre. Er versteht einen Spaß schon, wenn man ihm den erklärt. Er findet, dass die Menschen immer alles gerade so meinen, wie sie es sagen, deswegen. Dass Leute einen Hintersinn halten, weiß er nicht. Wenn du mit dem Gustav redest, kannst du einen Hintersinn nicht brauchen.

Manchmal könnte ich weinen, weil er so viel Güte hat, der Gustav. Nichts ist falsch an ihm. Vom Bein weg heiter, das ist er. Mit allem zufrieden. Außer dass er nicht fliegen kann, mit dem ist er nicht zufrieden. Oder dass er es nie jemandem hat zeigen können, wie er fliegen kann.

»Jetzt bin ich dreiundvierzig, Kaisja, und bin noch immer nicht geflogen, jetzt wird es höchste Zeit«, hat er gesagt. Wenn du glaubst, du hast einen Spaß gemacht oder er, und man könnte zusammen lachen, dann kennst du den Gustav schlecht. Der wiegt jedes Wort, kaut darauf herum, schmeckt es, schluckt ein Stück herunter, schmeckt es zweimal und dreimal, ist noch lange nicht am Ende. Kann sein, dass er dann so inwendig dahinlächelt. Aber über einen lachen? Nein. Und dann hat er zu mir gesagt:

»In den Himmel fliege ich früh genug, Kaisja, obwohl sie mich da nicht mehr kennen werden, wo ich so lange in Schussenried war, siebzehn Jahre in Schussenried. Nach siebzehn Jahren wird eines nicht wiedererkannt oben, auch wenn es ein da Oben gar nicht gibt. Nein, in den Himmel fliegen, das kann man immer, und dafür braucht es keine Mühe, nicht mal ein Flugapparat wird als Voraussetzung verlangt. Ich will etwas Anderes. Ins Himmelsgewölbte will ich hinaus fliegen. Das hat eine Krümmung, und das hat einen Winkel, der ist eingeteilt in Bogensekunden. Sechzig Bogensekunden machen eine Bogenminute, sechzig Bogenminuten sind ein Grad vom Himmelsgewölbten. Das kann ich genau berechnen. Deswegen. Das sollst du dir merken, Kaisja.« (Er hat immer gewollt, dass ich mir was merke.)

Also ins berechenbare Himmelsgewölbte hat er hinaus gewollt. Deswegen ist das Einzige, worauf es angekommen ist an diesem Tag, am 4. März 1946, den ich nicht vergessen soll, ist das Einzige also das gewesen: Ob der Gustav fliegen kann. Darum hat sich alles gedreht. Ob der Gustav fliegt nach siebzehn Jahren Schussenried. Ob sie Recht gehabt haben, dass sie ihn so lange wegschließen. Wegen Erfinderwahn. Extra dafür hat der liebe Gott diesen Märztag hergerichtet – dass man einmal sieht, was im Gustav steckt. Auch wenn der Gustav und der liebe Gott auf einem schlechten Fuß gestanden sind. Weil der Gustav ihn mit seinen Flugapparaten gelästert hat.

Der Gustav hatte mir ein Photo geschenkt. Er als junger Kerl, 16 Jahre vielleicht, oder auch 20, ich könnte es nicht sagen, selber weiß er nicht mehr, wann es aufgenommen wurde. Gustav sitzt auf einem gedrechselten Stuhl mit einer seltsam kurzen Rückenlehne. Auf einem Brokatkissen. Das passt gar nicht. Sein Sonntagsgewand hat er an, die Jacke kneift unter dem Arm, ein weißes Hemd, der breite Kragen ist offen und verdeckt die Aufschläge von der Jacke. Bis heute trägt

Gustav jeden Tag einen Sonntagsanzug, dicker, blauer Stoff, abgetragen, aber sauber geflickt und ausgebürstet. Als wenn jeder Tag Pfingstsonntag wäre, und er sich hergerichtet hat für den lieben Gott, an den er nicht glaubt. Auf dem Jugendphoto, das ich für uns aufbewahre, trägt er Wickelgamaschen und Schuhe wie ein Abenteuerreisender, ein Baron aus England. Als würde er gleich weiter zum Hindukusch müssen. Er hat mir oft vom Hindukusch erzählt. Nur noch geschwind die Zigarette zu Ende rauchen, die er in der rechten Hand hält, dann Hindukusch. Ein bisschen angelernt schaut es ja aus, aber seine Ehrfurcht vor dem Himmelsgewölbten und seine unbändige Weltliebe erkennst du sofort. Und was für ein schöner Mann er ist. Aber das weiß er selber nicht, sowas ist ihm gleich, schon damals ist ihm das bestimmt gleich gewesen. Obwohl auf dem Photo. Schaut, als könnte er alles erreichen, alles machen, er muss es nur wollen. Wie nah die Welt von da oben ausschaut und wie schön, zum Angreifen schön. So wie er da auf seinem Brokatkissen sitzt, gehört sie ihm. Das habe ich gemerkt.

Wenn man lang genug hinschaut auf das Schwarzweißphoto erkennt man, dass seine Augen blau sind. Nicht blau wie der Himmel. Nicht so hell, nicht so leer wie der Himmel. Aber auch nicht blau wie Tinte. Gar nicht blau eigentlich. Mehr violett. Bischofsviolett, sagen die frommen Vinzentinerinnen von Schussenried. Das hört er nicht gern. Hundsveilchenblau sind sie, habe ich gesagt. Damit ist er dann zufrieden gewesen.

Was ist daran so wichtig, welche Farbe seine Augen haben? Alles ist wichtig. An alles muss sich erinnert werden. Wenn er gleich abstürzt mit seinem Flugapparat, weil so ein starker Märzwind am Himmel reißt. Wie soll sein Flugapparat das aushalten, der unten nur ein Damenfahrrad ist und oben zwei Stoffflügel? Niemand wird mehr etwas über ihn wissen wollen, wenn er heute abstürzt. Er wird nutzlos und vergessen sein, wie das alte Damenfahrrad, das er sich hergerichtet hat. Vielleicht nimmt er auch gar nicht das Damenfahrrad her. Mit dem Damenfahrrad von der Abflugrampe herunter, das wird nicht gehen. Er wird den anderen Flugapparat, den mit den Haltestangen, benutzen. Er bewegt sie mit den Händen. Das sieht aus wie ein großer, silbriger Vogel, dem es nicht pressiert. Der genug Zeit hat dafür, dass er ganz sachte mit den Flügeln auf und ab schlägt.

Wie viele werden es gewesen sein, die an diesem Montagmorgen vor der hohen Mauer des Klosters Schussenried standen? Viele nicht. Allerdings muss man auch bedenken, dass sie an so einem Montagmorgen von Rechts wegen auf ihre Felder gehört hätten. Um die Frühjahrsbestellung hätten sie sich kümmern müssen. Statt hier zu stehen und nach oben zu gaffen auf einen hin, der über die Mauer vom Irrenhaus fliegen soll. Wenn man das bedenkt, dann waren die dreißig oder vierzig Neugierigen schon viel. Der Mesmer Gustav sollte entlassen werden. Siebzehn Jahre wegen Erfinderwahn. Wegen Erfinderwahn und wegen Kindlichkeit. Das waren seine Vergehen. Oder seine Krankheit, je nachdem wie man es anschaut. Er will allen zeigen, dass er fliegen kann. Das wollen sie doch mal sehen.

Die Mesmerfamilie war da. Das war selbstverständlich. Die hatten am Gustav einiges gutzumachen. Seine älteste Schwester, die Emilie, hatte ein Blasinstrument umgeschnallt, auch so eine Gustav-Erfindung. Eine Tuba, in die sie mit dem Mund hätte hineinblasen sollen. Und daran ein Waldhorn geschmiedet, dessen Mundstück er durch eine Art Olive ersetzt hatte. Da hinein müsste sie mit der Nase blasen. Ein doppeltes Mesmerophon. Sobald er mit seinem Flugapparat in der Luft ist, soll die Emilie einen Mund-und-Nasen-Tusch spielen, so hatte er es sich gewünscht. Dem Bruder Alois hatte Gustav seinen Photoapparat anvertraut samt dem hölzernen Stativ. Er hatte ihm gezeigt, wo er es aufbauen musste, damit er ihn im richtigen Winkel erwischte.

Den Mesmer Gustav kannte jeder. Wegen seiner Körbe. Einen besseren Korbmacher als den Gustav hat es nicht gegeben, nicht bis hinunter nach Friedrichshafen. Seine Hände sind das Gescheiteste an ihm, haben alle gesagt. Dafür hat man ihn gekannt. Dafür, und weil er immer wieder ausgebrochen ist. Siebzehn Jahre eingesperrt und wenigstens sechzehn mal ausgebrochen. Wahrscheinlich wird das gar nicht reichen. Deswegen haben die meisten ihn gekannt. Weil bei fast jeder Familie ist er nach einem seiner Ausbrüche einmal untergekommen. Sechzehn mal, vielleicht auch öfter. Es führt ja keiner Buch darüber, wie oft so einer weg will und über die Mauer muss.

Die ersten Male ist er nach Altshausen, zurück zur Familie. Aber mit dreißig kannst du deine Füße nicht mehr unter den Tisch vom Vater stellen. Hätten sie daheim einen Schwachköpfigen durchfüttern können in der schweren Zeit? Sie haben ihn zurück nach Schussenried. Immer wieder haben sie ihn zurück in die Anstalt. Er hat sich nicht gewehrt dagegen. In Schussenried hat er ein Bett gehabt und drei Mahlzeiten am Tag, und die Vinzentinerinnen haben ihm gezeigt, wie man sich nützlich machen kann. So ein schönes Kloster haben sie für die ganzen Irren, geschnitzte Heilige und Himmelfahrtbilder, saubere Betttücher. So gut hat es draußen keiner gehabt wie die drinnen in der Anstalt.

Der Gustav hat das selber schon auch so gesehen. Er hat aufgeschrieben:

> *»Die Ordens Wohnmethode, hier auf den Einfältigen beziehend, wie weiß der Dumian, dass der Mensch eine alle Stürme überstehende Wohnung braucht, darum schliessen die Ordensleute, wie dazu zählend unsere gu-*

ten Vinzentinerinnen hier von Schussenried auch, sich in eine Art Festung ein, ihr Schutzbeispiel, schützen sich gegen alle Weltstürme, Völker, Geschlechtssitten, Tolleranten Geist, ihr Hauptinntresse, an dem Beispiel dem Weltvolk zu zeigen, wie Gemeinsamkeit, Gemein vertragen Schaffen, Sorgen nützet, gesetzt als Allzeit erreichendes Vorbild.«

Später ist der Gustav nicht mehr zur Familie. Er wollte einfach nur auf dem nächstbesten Hof unterschlüpfen, bis zu dem er es gerade geschafft hat. Er hat den Bauern seine gescheiten Hände hergezeigt und gesagt, dass er jede Arbeit mache, ihm sei alles leicht. Wenn sie im Stall etwas zum Richten gehabt haben, oder es hat ein neues Gatter gebraucht oder Reiter für die Mahd, dann haben sie es den Gustav machen lassen. War ja gelernter Schreiner. Wenn die Arbeit fertig war, haben sie ihn zurückgebracht nach Schussenried, wo er hingehört hat. Eigentlich hätten sie ihn melden müssen. Statt ihn zu verstecken für die vier, fünf Tage, bis das Gatter oder der Stall gerichtet waren. Dann hätte man ihn weg, an die Front vielleicht; wer weiß, wohin der geschossen hätte mit seinem schwachen Kopf. Die Vinzentinerinnen haben nur gelacht, wenn man ihnen den Gustav wiedergebracht hat. Jetzt, Gustav, hat es wieder nicht geklappt mit deinem Flugapparat? Ja, das muss besser werden, hat er ganz fröhlich geantwortet, und ob er frisches Papier haben kann, er weiß schon, wo es noch fehlt an seiner Konstruktion. Nach ein paar Wochen oder

Monaten ist er wieder davon und wieder zurückgebracht worden und wieder davon und davon. Als gäbe es nichts anderes, und als müsste man nicht auch ein bisschen dankbar sein.

Seinem Bruder Alois hatte der Gustav einen Brief mitgegeben. Heute möchte er herzeigen, wie er fliegt. Dafür entlassen sie ihn schließlich, weil er fliegen kann. In den dreißiger Jahren, in der ersten Zeit, nach der Einweisung, haben sie es Erfinderwahn genannt. Erfinderwahn und Kindlichkeit. Gustav trägt keinem etwas nach.

Hinter der hohen Mauer – was wird sie gehabt haben die Mauer, vier Meter, vielleicht? – hatte der Gustav sich für seinen großen Tag heute eine Art Abflugrampe gebaut. Feste Bohlen, über die Kopfweiden gelegt. Die Kopfweiden waren quasi die Füße seiner Abflugrampe. Gustav hatte die Kopfweiden wie jeden Herbst geschneitelt für seine Körbe. Jetzt im März waren die Köpfe noch kahl. Das Ganze war einen Meter höher als die Klostermauer, mit einer sauberen Treppe hinauf und einem Geländer. Könnte ja sein, dass einen der Mut verlässt oder der Wind zu stark geht. Wenn man es genau nimmt, spart die Rampe ihm schon das halbe Fliegen. Weil das Hinaufkommen in den Himmel ist doch das Schwierige. Hinunterspringen und sich gleiten lassen, das ist weniger schwer.

Gerade kommt Gustav die Treppe zu seiner Abflugrampe herauf, ganz langsam. Erst war von der Zuschauerseite nur das starrige Büschel Haare zu sehen. Als wenn ihm seine widerspenstigen Ideen aus dem Schädel herauswachsen, viel zu viele für die enge Hirnschale. Dann seine Augen, die nie so leer waren wie der Himmel, schließlich der ganze Mann. Groß war er nicht, nicht mehr nach siebzehn Jahren Schussenried, eher zart. Wie ein Glasspielzeug hat er da oben ausgesehen. Er hat sich auf sein Podest gestellt und die Leute studiert, jeden einzelnen. Wie tief unter ihm werden sie gestanden haben? Fünfeinhalb Meter vielleicht, wenn man das Podest der Abflugrampe dazu rechnete. Er hat sein inwendiges Lächeln gelächelt und gewinkt, seiner Schwester Emilie mit dem doppelten Mesmerophon hat er zugewinkt, und dem Alois mit dem Photoapparat und allen anderen auch, jedem einzelnen. Dann hat er angefangen, seinen Schutzanzug umzuschnallen, einen Panzer vom Hals bis zur Hüfte, mit Schienen, die wie Rippen verlaufen sind, im Rücken befestigt an einer hölzernen Wirbelsäule. Fliegen ohne Schutzvorrichtung, Fliegen einfach so ohne Sinn und Verstand, das hätte der Gustav für unrecht gehalten. Er hat sich viel mit Schutzvorrichtungen beschäftigt.

Wie er oben gestanden ist, hat er sich an den Kopf gelangt, er hat seinen Flugapparat vergessen gehabt. Vielleicht nicht wirklich vergessen, er hat es nur gerne spannend gemacht. Wenn er seine Erfindungen hat vorführen können, das war die einzige Gelegenheit, bei der Gustav einen Hintersinn gehabt hat. Ein Theater aufführen, damit die Leute ganz aufgeregt werden vom Zuschauen, das hat er genossen. Also ist er wieder hinuntergestiegen, um seinen Flugapparat zu holen, hat sich richtig Zeit gelassen. Keiner würde weggehen, das wusste der Gustav.

Hatten die Leute nichts Besseres zu tun an diesem Montagmorgen? Vielleicht wären sie ja selbst auch gerne ausgebrochen, keine sechzehn oder siebzehn Mal, nur einmal wenigstens. Vielleicht wäre man ja selbst gescheiter unzufrieden gewesen. Andrerseits: Gustav hätte sich einordnen können, das hätte er doch. Warum will eines unbedingt über die Mauer. So schlecht hat er es nicht gehabt, draußen ist es den meisten schlechter gegangen. Aber unbedingt über die Mauer. Immer und immer wieder. Er muss abstürzen, er soll abstürzen, es kann nur so ausgehen heute. Man wird abgestraft, wenn man sich nicht fügt. Kann man Unzufriedenheit nachholen? Was sucht man denn im Himmel, wenn das Fliegen längst erfunden worden ist.

So redeten sie, halblaut, während sie auf Gustav warteten. Oder auf sich selbst.

Zwei seiner Brüder gingen hinein, mussten nachsehen was los war. Sie trugen ihre Soldatenmäntel, die hatten sie aus dem Krieg mitgebracht, sonst war dort nichts gewesen. Dass Gustav seinen Flugapparat vergessen haben sollte, ausgerechnet dann, wenn er beweisen wollte, er kann fliegen, das kam ihnen spanisch vor. Wahrscheinlich war mit dem Flugapparat etwas nicht in Ordnung. Die Familie hatte ihn nach Schussenried gebracht, ihn immer wieder dorthin zurückgebracht, nicht weil er ein genialer Flugingenieur war, sondern weil er schwach war im Kopf. Es war nicht umsonst, dass gemeint wurde, er gehört nach Schussenried.

Ich weiß nicht, was die Leute draußen vor der Mauer gedacht haben, wie der Gustav sich umgedreht hat und die Treppe zu seiner Abflugrampe wieder hinunter ist. Das gehört so, werden sie gedacht haben. Sind dort gestanden und haben die Mauer hinaufgeschaut. Höchstens, dass einer einmal den Nachbarn angestoßen oder in den Märzhimmel gedeutet hat. In dem sind die ersten Schwalben herumgeschossen, als wüssten sie nichts vom nächsten Tag.

Aber gewiss ist gewesen: der Gustav fliegt nicht los, wenn die Bruni nicht zuschaut. Bloß, die war nirgends, nicht vor der Mauer bei den anderen, und hinter der Mauer auch nicht. Deshalb bin ich sie suchen gegangen.

Mir hätte die Bruni in dem Augenblick nicht gefehlt. Wenn es mein großer Tag gewesen wäre, ich hätte sie dafür nicht gebraucht. Aber ich wollte ja auch nicht von den Kopfweiden ins berechenbare Himmelsgewölbte hinaus. Übrigens darf nicht so getan werden, als hätte es die Bruni nicht gegeben. Sie gehört mit hinein in die komplette Erinnerung. Das ist nicht richtig, wenn man sich seine Erinnerungen herrichtet wie es einem passt, und sich nur das behält, was einem schöntut.

Zwischen Gustav und Bruni ist etwas gewesen, das habe ich verstanden gehabt. Das Meiste, jedenfalls.

Die Bruni war die Tochter vom Oberpfleger Nackenhorst, Brunhilde Nackenhorst. Ihren Namen hat sie gehasst wie weiß Gott was. Und den Vater, der ihr zu dem schrecklichen Nachnamen das Brunhilde draufgehängt hat, noch mehr. Hätte sie nicht Norah heißen können oder Magdalena. Sarah, obwohl das nicht gegangen wäre, dann von mir aus auch Afra. Die Mutter ist gar nicht gefragt worden, ob ihr der Name recht ist, war sowieso bald weg. Wird zu weich gewesen sein für seine derben Bedürfnisse. Wie der Nackenhorst Oberpfleger geworden ist mit einer eigenen Dienstwohnung in Schussenried, hat die Bruni mit ihm dort einziehen müssen. Keine zwanzig und aufwachsen zwischen lauter Krüppeln, Kranken und Irren. Ich hätte mit der Bruni nicht tauschen wollen. Eingesperrt war sie wie wir alle. Aber von uns sind manche wenigstens mal entlassen worden. Das ist vorgekommen.

Mit mir hat Bruni geredet. Die dumme Kaisja, mit der kann man reden, was versteht die schon. Bevor man an die Wand hinredet, kann man auch an die Kaisja hinreden. Soviel wie die Wand verstehe ich auch. Obwohl ich die Bruni nicht leicht verstanden habe. Anders als den Gustav, der war leicht zu verstehen. Zum Beispiel habe ich gut verstanden, dass er seiner Mutter schreibt, es wird um 1932 herum gewesen sein, ob er nach einer Braut schauen darf. Sie wird keine Antwort gegeben haben, hat sie nie. Sie hat ihre elf Kinder in die Welt gesetzt, die Fehlgeburten nicht eingerechnet. Bei allem ist sie still gewesen. Deswegen habe ich auch verstanden, dass er der Bruni, da hatte er sie vielleicht einmal oder zweimal gesehen, schreibt: »*Ob Sie, wertes Fräulein, Lust und Liebe, meine Gattin werden zu wollen?*«.

Die Bruni hat mich den Brief lesen lassen. Sie war ehrlich mit mir. So ehrlich, wie man mit einer nackten Wand ehrlich ist. Bruni hat an Gustavs Brief nichts zum Lachen gefunden. Ich auch nicht. Gustav spaßt mit so etwas nicht. Einen Hintersinn hält er auch nicht. In der ganzen Welt weiß er nichts, was lächerlich wäre. Obwohl man sich wundern kann, wie er nach ein-oder-zweimal-Sehen schon verliebt gewesen sein will in die Bruni. Heiter, ja, das ist er, unbedingt. Und gut. Aber verliebt? Verliebt ist er nur ins Fliegen, ins Über-die-Mauer-Fliegen. Es ist nicht so, dass er andere Menschen nicht mag. Er mag sie wie er den Südwind mag, oder die warme Luft, die vom blühenden Rapsfeld aufsteigt, und ihm beim Fliegen nach oben tragen soll. Ich möchte gerne glauben, den Brief an die Bruni hat er geschrieben, weil er sich eingebildet hat, wenn er sich mit der Tochter vom Oberpfleger Nackenhorst verlobt, dann kommt er raus aus Schussenried, dann kommt er über die Mauer. Das hilft beim Fliegen, und ein Ingenieur könnte er auch werden, das geht dann in Einem. Erfinderwahn hätte er. Was ist daran Erfinderwahn, wenn einer hinaus will und über die Mauer, von den Kopfweiden weg ins Himmelsgewölbte? Mit dem Brief an die Bruni habe ich mich nicht richtig ausgekannt. Vielleicht hat Gustav selber nicht genau gewusst, warum er den Brief geschrieben hat.

Bruni ist jünger gewesen als ich. Aber auch älter, weil sie ihre Erfahrung in der Liebe gehabt hat. Eine zarte Person, die glatten, schwarzen Haare kurz, so kurz, dass sie gerade gereicht haben, ihr Gesicht einzurahmen. Augen, die immer so ausgeschaut haben, als hätte sie gerade geweint. In Schussenried hat es einen großen Kräutergarten gegeben. Wer zur Arbeit im Garten eingeteilt war, hat geschaut, dass er Birkenblätter und Lindenblüten sammelt, Huflattich und Frauenhaarfarn, Klettenwurzel und Kapuzinerkresse. Aus dem hat die Bruni einen Sud gekocht, den hat sie zweimal die Woche auf ihre schwarzen Haare. Sie hat einen Musiklehrer gehabt, bei dem hat sie Cello gelernt. Und die Liebe und das Begehren und die Verzweiflung. So hat sie es jedenfalls zu mir gesagt. Irgendwas hat wahrscheinlich nicht ganz gestimmt mit dem Cellolehrer. Eines Tages ist er weg gewesen. Ihr Vater hat gesagt, woher soll er denn wissen, wo man das Subjekt hat hinschaffen müssen. Seither hat niemand die Bruni mehr Cello spielen hören. Wahrscheinlich ist man besser dran ohne Liebeserfahrung.

Oft, wenn ich in ihr Zimmer gekommen bin, ist sie hinter dem riesigen Cello gehockt, als versteckt sie sich. Gespielt hat sie nicht, der Bogen war lange schon zerbrochen. Sie hat die Augen zugekniffen und sich versteckt. Man hat nichts gesehen, außer ihre glänzigen Haare hinter der Schulter vom Cello. Höchstens noch ihre dicken Augenbrauen, die in der Mitte zusammengewachsen waren. Wenn die grauen Busse gekommen sind, hat Bruni es von ihrem Vater schon vorher gewusst. Dann hat sie sich den ganzen Tag hinter ihrem Cello versteckt. Als wenn man die Tochter vom Oberpfleger abholen würde. Hat dem Cello die Hände um den Hals gelegt und das Holz gestreichelt.

Ich dachte, da würde ich sie auch heute finden. In ihrem Zimmer, hinter dem Cello. Obwohl es doch so ein wichtiger Tag für den Gustav war. Vielleicht der wichtigste in seinem ganzen Leben. Hätte sie nicht wenigstens dafür hinter ihrem Cello herauskommen können?

Die Bruni ist tatsächlich in ihrem Zimmer gehockt, in dem gelben Lederstuhl. Das Cello am Boden. Als hätte sie es jetzt nicht mehr halten können. Auf dem Tisch eine leere Flasche von dem grünen Likör, den sie oft getrunken hat, der so unmöglich süß war. Sie hat geweint.

Ob sie nicht zur Mauer kommen will. Gustavs großer Tag. Er will uns zeigen, dass er fliegen kann, dass er umsonst eingesperrt gewesen ist die ganzen Jahre. Weil er kann fliegen, das ist kein Erfinderwahn, keine Einbildung. Egal, auch wenn es nicht stimmt, Gustav hat es doch verdient, dass wir ihm zuschauen, oder?

Die Bruni hat nur noch mehr geweint. Ich habe mich neben sie gesetzt, den Arm um sie herum getan, damit sie sich beruhigt.

Wie ihr die Tränen ausgegangen sind, hat sie es mir erzählt. Dass sie mit dem Gustav praktisch verlobt ist. Seit er ihr damals den Brief geschrieben hat, ist sie mit ihm verlobt, so wäre es ihnen beiden jedenfalls nach dem Brief vorgekommen. Genaueres hätte man nicht vereinbart. War überflüssig, weil praktisch hätte so eine Verlobung in der ganzen Zeit eh nichts geändert. Er ist sechzehnmal ausgebrochen und jedes Mal haben sie ihn zurück gebracht. Und sie hat beim Vater wohnen müssen und kein Gedanke an Entlassung. Im Praktischen war es deshalb egal, ob sie verlobt waren oder nicht. Das ist damals nicht mehr gewesen als so ein Gedanke, ein Gedanke, der ein bisschen gewärmt hat, daran ist doch nichts Schlimmes, oder? Und heute Morgen, wo es darum geht, dass der Gustav vielleicht doch fliegen kann, dass er gar nicht schwach ist im Kopf, und seine Hände sind sowieso gescheit, heute Morgen ist die Verlobung plötzlich etwas Praktisches gewesen, etwas, vor dem sie sich gefürchtet hat. Der Gustav ist den ganzen Morgen bei ihr in dem Stuhl da drüben gesessen und – nein, gedrängt hat er sie nicht, weil es war eh klar – wenn der Gustav fliegen kann, dann sind sie richtig verlobt, dann kann sie nicht mehr aus. Dann muss sie ihn nehmen, einer, der fliegen kann, mit dem ist sie richtig verlobt. Unweigerlich. Das ist dann schon etwas anderes als nur ein Gedanke, der wärmt. Sie hat ihm von dem grünen Likör gegeben, auf die Verlobung wollte sie anstoßen. Sie haben wieder und wieder angestoßen, wo der Gustav keinen Likör verträgt, überhaupt Alkohol. Sie hat ihm eingeschenkt, bis die Flasche leer war.

Dann ist er aus dem Zimmer, als wenn nichts wäre, und es jetzt nur noch das Eine gäbe, hinaus ins berechenbare Himmelsgewölbte. Das musst du verstehen, Kaisja, hat sie gebettelt. Wo ich eine solche Angst habe vor Verlobungen. Überhaupt vor solchen Dingen. Seit meinem Cellolehrer. Und was ich für ein schlechtes Gewissen gehabt habe, weil ich doch irgendwie auch froh war, wie er nicht mehr da war. Der Cellolehrer.

Ich habe die Bruni gepackt und fest geschüttelt. Hätte ich ihr glauben sollen, dass sie den Gustav betrunken gemacht hat? Hätte ich ihr glauben sollen, dass Gustav von dem unmöglich süßen Likör trinkt, wo er genau weiß, heute kommts drauf an?

Ich habe die Bruni in ihrem gelben Stuhl sitzen lassen und bin rausgerannt. Dem Gustav darf doch nichts passieren. Grüner Likör, wenn man ins Himmelsgewölbte hinaus will. Manchmal ist er wirklich schwach im Kopf.

Die Leute vor der hohen Klostermauer von Schussenried wurden ungeduldig. Sie ärgerten sich über den Mesmer Gustav, fluchten, erst leise, dann immer unverhohlener auf den Schwachköpfigen. Sie hatten auch noch etwas anderes zu tun, als hier herumzustehen und Maulaffen feil zu halten. Davon, dass der Mesmer Gustav es beim siebzehnten oder wer weiß wievielten Versuch endlich schaffen würde, über die Mauer zu fliegen, wurde ihre Frühjahrsbestellung auch nicht fertig. Dem Raps ist es doch gleich, ob einer fliegen kann oder ob er so tief stürzt, dass die Haut platzt. Wenn er es überhaupt schaffte, heißt es. Was ja zunehmend unwahrscheinlicher wurde. Sie sagten sich, es sei höchste Zeit zu gehen. Warum flog der nicht, wo er doch angeblich fliegen konnte? Wahrscheinlich ist es ihm all die Jahre gar nicht wirklich ums Fliegen gegangen, und auch nicht ums Erfinden. Sondern nur darum, über die Mauer zu kommen und auf und davon. Konnte man das begreifen? Eigentlich nicht. Ein Wahn halt. Undankbar war es auch. Die hohe Klostermauer hat ihn beschützt, das war ihm wohl gar nicht klar. So ein schönes Kloster, wie sie es für die Irren hergenommen haben, davon hat manch einer nur träumen können, wenn er im Dreck gelegen ist, in den Sümpfen dort, und in den abgebrannten Kornfeldern. Geschnitzte Heilige und Himmelfahrtbilder, saubere Betttücher. So gut hat es draußen im Schützengraben oder an der Heimatfront keiner gehabt, wie die drinnen in der Anstalt. Viele, auch aus Schussenried und Altshausen, sind gleich gar nicht mehr heimgekommen.

Jetzt stieg Gustav Mesmer das zweite Mal die Treppe zu seiner Abflugrampe hoch. Eine rote Stange in der Hand, an der Spitze eine Art Windrad aus Hühnerfedern. Wie ein Glasspielzeug hat der Gustav da oben ausgeschaut. Ein viel zu kleines Glasspielzeug auf der Abflugrampe, die sich auf den kahlen Köpfen der Weiden abstützte. Ein Indianer aus dünnem Glas, der eine rote Stange mit Hühnerfedern festhält, so ungefähr. Ein Glasindianer in einem blauen Sonntagsanzug. Er hat immer einen blauen Sonntagsanzug angehabt.

Gustav lächelte inwendig zu den Menschen hinunter. Hielt das Windrad mit ausgestrecktem Arm in die Höhe. Prüfte, woher der Wind wehte und wie stark. Wahrscheinlich würde er, je nachdem was die Prüfung ergab, etwas Dementsprechendes an seinem Flugapparat einstellen. Die Prüfung schien aufwendig zu sein und große Gründlichkeit zu erfordern. Gustav wechselte den Arm, wechselte ihn noch einmal und ein drittes Mal. Streckte das Windrad in alle vier Himmelsrichtungen und jeweils noch in dem Winkel, der den Bogen zwischen Norden und Osten, Süden und Westen genau halbiert.

Dabei sah es nicht so aus, als müsste Gustav mit dem Wind und der Welt zurechtkommen. Sondern der Wind und die Welt mit ihm.

Aber das Gerede und die Ungeduld wollten nicht aufhören. Nachdem Gustav Mesmer mit seinem Windrad oder was dieses Gerät eben vorstellen sollte, die Stärke des Aufwinds und des Abwinds, die ganze Thermodynamik, durchgeprüft hatte, stand er still. Bedächtig auf den Zehenspitzen wippend, schaute er in das Geraune unter ihm.

Sollen wir uns von einem Sabberkopf an der Nase herumführen lassen? Dem fehlt nicht der Aufwind, dem fehlt nicht der Flugapparat, dem fehlt der Schneid, sonst gar nichts. Soll er doch endlich springen. Und wenn seine Haut platzt, was ist das schon. Spring, damit wir es hinter uns bringen.

Wo bleibt der Nackenhorst überhaupt?

Dass der Nackenhorst nicht da war, wurde allgemein als der größte Mangel verstanden. Der Nackenhorst war der Oberpfleger von Schussenried, er hatte das Sagen. Der Faltlhauser und die anderen Ärzte hatten sich in den allerletzten Tagen abgesetzt. Als Einziger von den Oberen hatte der Nackenhorst die Stellung gehalten. Einer musste sich schließlich um die Krüppel kümmern, die, mehr aus Zufall oder Achtlosigkeit, übrig geblieben waren. Einer, der etwas verstand von der Sache.

Gesagt wurde, der Nackenhorst hätte den Mesmer beschützt, dafür gesorgt, dass er in Schussenried hat bleiben können. Wegen der Körbe. Einen besseren Korbmacher als den Mesmer hat es bis hinunter nach Friedrichshafen nicht gegeben, Schussenried hat gut verdient an den Körben. Für seine Körbe hat man den Mesmer Gustav gekannt. Gesagt wurde auch, der Nackenhorst hätte im Sinn gehabt, aus dem Wasser der Schussen Gold herauszuwaschen. Dafür hätte der Mesmer Gustav ihm haarfeine Siebe aus seinen Weidenruten flechten sollen. Gehört hatte man so etwas, aber ob es je soweit gekommen war, ja, ob die Schussen überhaupt das kleinste Bröckchen Gold führt, wer wusste das.

Jetzt fehlte der Nackenhorst. Nackenhorsts Gegenwart hätte ihnen die Frage beantwortet: Warum will der Mensch mit einem Flugapparat und reiner Muskelkraft fliegen, wenn es Flugzeuge hat? Flugzeuge, die um die Welt herum flogen, die Menschen, ohne abzusetzen, an den Hindukusch brachten, auch Schokolade transportierten oder Bomben wenn es sein musste. Das war doch die eigentliche Frage. Selbst wenn der Mesmer Gustav jetzt mit seinem Apparat fliegen konnte, wenn er es schaffte, heißt es, was ja mit jeder Minute unwahrscheinlicher wurde, selbst wenn der also, eine Gestörtheit blieb es. Wo man jede Menge Zeppeline hatte,

Heißluftballons, Hubschrauber, Flugzeuge, Raketen. Er musste die Flugzeuge und Hubschrauber doch sehen, die inzwischen den Himmel bevölkerten, wer konnte die übersehen? Er musste doch mitbekommen haben, dass die Zeiten sich geändert hatten, und so vieles überflüssig geworden war, wie etwa Flugapparate, die mit Muskelkraft zu bewegen sind.

Die da vor der hohen Klostermauer standen und auf den Nackenhorst und immer weniger auf den Mesmer Gustav warteten, wussten nicht, dass der Gustav ein »Doppelflugpostauto« erfunden hatte, sogar einen »Weltschraubdüsen-Omnibus« hatte er schon mal auf dem Papier konstruiert, damit die Welt kleiner werden sollte und zugänglicher für jedermann. Hätte es etwas geändert, wenn sie das gewusst hätten in diesem Augenblick? Was sie wussten, war: Man muss mit der Zeit mitgehen, mit den Flugzeugen, die den Himmel oben zerschnitten, mit den Raketen, den Flugapparaten der neuen Zeit. Sie wollten Gustav fliegen oder abstürzen sehen. Die meisten waren jetzt für abstürzen, auch die, die ohne Meinung gekommen waren. Wenn der Nackenhorst fehlte, dann fehlte die Autorität, die es braucht, wenn ein Flug oder ein Absturz beglaubigt werden soll. Ohne solch eine Beglaubigung konnten sie ihren eigenen Augen nicht trauen. Man konnte einen Flug sehen. Oder man konnte einen Absturz sehen. Das spielte sich erst einmal nur auf der Netzhaut ab. Von der Netzhaut zum Hirn und von dort zum Begreifen war ein weiter

Weg. Erst die Beglaubigung legte fest, was man tatsächlich gesehen hatte. Sonst hätte jeder fliegen oder abstürzen können.

Im Übrigen liegt die Vermutung nah, dass es nicht nur ums Beglaubigen ging. Sie, die dort vor der hohen Klostermauer warteten, waren tief innen unsicher – was sollten sie wollen? Sollten sie wollen, dass der Mesmer wirklich fliegen kann? Oder sollten sie wollen, dass er abstürzt und seine Haut platzt? Sollten sie wollen, dass er jetzt beim siebzehnten oder achtzehnten oder wer weiß wievielten Versuch endlich über die Mauer kommt? Oder hatten sie Recht gehabt damit, dass sie ihn immer wieder zurückgebracht hatten nach Schussenried, ihn vor Schlimmerem bewahrt? Der Nackenhorst hätte ihnen helfen müssen, beim Beglaubigen und beim Rechtfertigen. Deswegen musste er dabei sein.

Während ihre Hälse schwollen vor Wut, stand der Mesmer Gustav einfach oben. Flog nicht, stürzte nicht ab. Wartete auf Zehenspitzen, als mache es ihm gar nichts aus, bis in alle Ewigkeit auf Zehenspitzen zu stehen. Stand auf der Schussenrieder Klostermauer, dieser unbegreifliche, sture Glasindianer in seinem blauen Pfingstsonntagsanzug, wollte Flügel mit der Kraft seiner Muskeln schwingen, Flügel, die der liebe Gott vergessen haben musste. Wollte die Schöpfung zurechtrücken, nichts weniger als das wollte er, dem lieben

Gott eine Vergesslichkeit nachweisen. Der liebe Gott sollte unrecht gehabt haben, genauso wie sie alle. Nur der Gustav sollte Recht haben.

Jetzt drehte er sich um und ging die Treppe seiner Abflugrampe wieder hinunter. Es wurde hohe Zeit, dass er seinen Flugapparat holte.

Von der Bruni weg bin ich zur Klostermauer gerannt, Gustav war nicht da. Keiner hat mehr zur Mauer hoch geschaut, nur die Hände haben sie ärgerlich in die Manteltaschen gestopft gehabt. Gesprungen konnte er noch nicht sein. Das sieht man den Leuten an, wenn einer gesprungen ist. Überall habe ich ihn gesucht. Ich wollte nicht, dass er, wenn er das Hirn voll hat mit grünem Likör, sich jetzt plötzlich nicht mehr auskennt mit seinem Flugapparat.

Mir muss keiner sagen, dass Gustav nicht fliegen kann, das weiß ich besser als jeder andere in Schussenried. Obwohl so viele sind es nicht mehr, die vom Anfang her übrig sind – Gustav, ich, noch zwei oder drei andere, so ungefähr. Und die Vinzentinerinnen natürlich, der Nackenhorst und die Bruni. Aber sonst.

Nein, fliegen kann Gustav nicht. Fliegen ist Gotteslästerung. Der liebe Gott hat Vögel gemacht und Fische und am Ende Menschen. Ein jedes ist seins und soll keines ein anderes sein wollen. Nur ist heute Gustavs großer Tag gewesen. Ich hätte es nicht ausgehalten, wenn Gustav sich mit seinem Flugapparat auf die Rampe stellt, und jeder sieht: Der kennt sich gar nicht aus, der Glasindiander da oben, der weiß nicht mal, wie herum er seine Flügel halten soll.

Ich hatte bemerkt, dass die Leute vor der Klostermauer inzwischen wollten, dass Gustav abstürzt. Sie wollten Recht behalten. Damit, dass Gustav schwach ist im Kopf. Mit ihrem ganzen Dahinleben wollten sie recht behalten, das sich gerade eben jetzt, es hat noch gar nicht lang gedauert gehabt, so nett hineingefügt hatte in die neue Zeit. Ich wusste, er kann nicht fliegen, das geht nicht, das ist unmöglich. Trotzdem habe ich mir gewünscht, er soll wenigstens mit heilen Knochen die Klostermauer herunterkommen, diese, was werden es gewesen sein, fünf, sechs, gar sieben Meter? So hoch ist das ja nicht, oder? Wenn er nur diese schönen Flügel, die er gebaut hat, gescheit ausbreitet, wenn er das richtig macht, dann bremsen die seinen Sturz schon, so dass ihm nichts passiert oder wenig. Fliegen kann er nicht. Aber mit seinen Flügeln bremsen, das schafft er.

Beim Nackenhorst könnte Gustav sein, ist mir eingefallen. Wahrscheinlich wollte er den Nackenhorst an die Klostermauer holen. Gustav wird gespürt haben, dass die Leute den Nackenhorst dabei haben wollten, wegen der Beglaubigung. Unheimlich, wie tief der Gustav manchmal hineinschaut in die Leute.

Ich bin zum Nackenhorst in seine Dienstwohnung. Dort habe ich mich gut ausgekannt, genau gewusst, wo die Dinge hingehören. Hätte ich es Gustav sagen müssen, das vom Nackenhorst und mir? Ich habe immer gedacht, Gustav weiß es eh, so tief wie er hineinschaut in die Leute. Man soll nicht alles gleich zu Worten machen, was man sieht.

Was muss man von Kaisja wissen, damit man begreift, was sie in Nackenhorsts Dienstwohnung machte? Ich könnte nicht einmal sagen, ob sie eine Patientin war in Schussenried oder nur irgendwie hineingeraten. Ob man sie für eine Heilbare gehalten hat oder eine unheilbar Asoziale, das war ja eine Diagnose seinerzeit, und ob sie wieder hinauswollte. Das muss unentschieden bleiben.

Ich weiß eigentlich nur das von ihr, was ihr jeder ansieht.

Hager ist sie, mit harten Knochen. Weshalb es in Schussenried immer etwas für sie zu tun gegeben hat. Körbe tragen, die lehmige Erde umstechen. Wenn einer durchdreht, ihn festhalten helfen und hinbinden. Obwohl sie viel hat hinlangen müssen, sind ihre Hände weich gewesen, auch beim Festhalten. Sie selber glaubt, das kommt vom Dinkel. Der Nackenhorst hat gern frisches Brot gegessen, das hat Kaisja ihm backen müssen. Es hat gut gerochen, wenn der Sauerteig gegangen ist. Und, wenn es so weit war, wollte Kaisja mit dem Kneten gar nicht aufhören. Seidig hat er sich angefühlt der Dinkelteig, als wollte er die Hände von innen streicheln. Wie mit dem Krieg das Dinkelmehl weniger wurde, sind Kaisjas Hände härter geworden. Obwohl sie dem Dinkel die Schuld gegeben hat für ihre kleinen, weichen Hände, ein bisschen stolz war sie ja doch darauf, ist es eher Vererbung gewesen. Ihre Füße sind nämlich auch klein gewesen und zu empfindlich. Das wusste man, weil man in den geflochtenen Schuhen, die die Vinzentinerinnern ihr gegeben haben, die Zehen sieht.

Ihr Gesicht ist streng, fast unschön. Weil sie sich so hart anstrengt, dass sie die Welt begreift. Immer liegt ihre Stirn in Falten, oft hat sie die Zunge zwischen den Lippen beim Zuhören oder formt die Worte des anderen stumm nach. Die Leute glauben dann, sie macht sich über sie lustig. Wenn sie etwas verstanden hat, bricht ein Lächeln aus ihr, die verwaschenen, grauen Augen sind dann blau und die Falten über der Nase verschwunden.

Der Nackenhorst hat gewollt, dass sie Brot bäckt. Und dass sie zweimal in der Woche zu ihm in die Dienstwohnung kommt. Sauber gewaschen natürlich, überall. Wenn sie etwas nicht mitbekommen wollte, wie etwa den Nackenhorst, dann hat sie einfach die Augen zugemacht. Das hat friedlich ausgesehen, so, als könnte nichts sie stören oder auch nur hinkommen an sie. Eine Unschuldnerin. Vielleicht hat der Nackenhorst sie deswegen gewollt. Wenn er Umgang hat mit einer Unschuldnerin, dann nimmt das auch Schuld weg von ihm. Und die Männer im Dorf werden sie deswegen für

Freiwild gehalten haben. Es wird schon so sein, dass man sie als Asoziale nach Schussenried getan hat. Asozial warst du ja gleich, wenn du die Augen zugehalten hast, und dich nicht gewehrt hast gegen die Männer.

»Den Mesmer Gustav würde ich suchen, haben Sie den Gustav gesehen?« fragte Kaisja als sie in Nackenhorsts Arbeitszimmer eintrat. Sie sagte dem Nackenhorst »Sie«. Zweimal in der Woche wollte er, dass sie »Du« sagte. Sie brachte das Du schwer heraus, wäre lieber für immer beim »Sie« geblieben.

Nackenhorst saß zusammengesunken hinter seinem Schreibtisch. Über dem weißen Oberpflegerkittel, der hinten zugeknöpft wurde und einen ringförmigen Stehkragen hatte, trug er seine Sonntagsjacke. Sah aus wie ein Pfarrer, der nicht weiß, was er alles bereuen soll. Die Ärmel der Sonntagsjacke waren zu kurz, die Arme mit den dichten, roten Haaren drauf schauten bis fast zum Ellbogen heraus. Seine viel zu großen Hände lagen auf der Schreibtischplatte wie zwei schwere Hämmer. Kaisja dachte, an einem Tag wie heute, an Gustav Mesmers Tag, an dem Tag, an dem Gustav durch die Luft fliegt, und wenn es nur ein kurzes Stück von der Klostermauer hinunter auf den Platz ist, ausgerechnet heute darf man keine solchen gewalttätigen Hände haben.

»Alle warten auf den Gustav. Lang werden sie nicht mehr warten, bevor sie gehen. Ich habe gedacht, er ist hier, wollte Sie dazu holen. Sie müssen doch dabei sein. Sie müssen das doch auch sehen wollen. Wenn Sie nicht dabei sind, ist es kein richtiger Flug.«

»Was weiß ich, wo der Mesmer steckt. Ich bin der Oberpfleger, nicht sein Kindermädchen. Wird sich irgendwo verkrochen haben, in der Werkstatt oder in der Bibliothek. Wo ihn keiner findet. Heute müsste er mal zeigen, dass er nicht nur Sprüche machen kann, sondern fliegen, richtig fliegen. Da versteckt er sich lieber.«

Wie kloßig Nackenhorsts Stimme war. Er wird von dem Morphium genommen haben, das ich ihm immer aus der Geschlossenen besorgen soll. Jeder weiß, es ist für ihn. Wenn trotzdem mal eine Kontrolle kommt, kann er sagen, die dumme Kaisja hat es genommen, an die haltet euch.

»Aber fliegen muss er heute, der Mesmer. Er muss es schaffen, es gibt gar nichts anderes.«

Der Nackenhorst ist hoch vom Stuhl, hat mich am Arm gepackt, über seine gierigen roten Lippen geleckt, und mich in die Bibliothek gezerrt. Wenn Gustav nicht in der Korbmacherwerkstatt war oder bei seinen Kopfweiden, dann war er in der Bibliothek von Schussenried. Er bildete sich oft ein, dass er etwas nachschauen muss, auf der Stelle nachschauen, sonst kann er nicht weiterarbeiten. Es werden ganze Generationen von Schlossherren und Äbten gewesen sein, die die Bücher zusammengesammelt haben, Tausende von Bänden in den Holzregalen. Gustav hatte mir gezeigt, was es alles gab, und nur er hat es gewusst: Zeichnungen von Leonardo mit Flugapparaten, die Biographie der Brüder Montgolfier, Bücher über die Vögel des südlichen Amerika. Dazu hatte Nackenhorst, ich glaube sogar auf eigene Kosten, eine Unmenge technischer Bücher angeschafft. Bücher über die Technik des Fluges, *Aerodynamik der stumpfen Körper: Physikalische Grundlagen und Anwendungen in der Praxis*, zum Beispiel. Oder *Aerodynamik des Tragflügels*, und natürlich auch *Flugzeug-Legende Ju 52 – der Bildband über Geschichte und Technik, Passagierflugzeuge und Kriegseinsätze*. Dazu ein volles Regal mit Nackenhorsts Träumen – Bücher über Goldsuchen und Goldwaschen, das *Handbuch für Schatzsucher*, *Großdeutschlands verborgene Rohstoffe: Kupfer, Gold und Seltene Erden*, und, selbstverständlich, die Goldsucherbibel *Anleitung zum Gold-, Platin- und Diamanten-Waschen aus Seifengebirge, Ufer und Flussbett*. Die dicken alchimistischen Lederbände hat Gustav mir auch aufgeschlagen. In denen ist aufgeschrieben, wie man Gold aus Schwefel und Zinnober kocht, oder wie aus der Schwärze des Anfangs durch Weißung und Gelbung schließlich die Rötung entsteht. Aber in diesen Büchern schaute Gustav selten nach, eigentlich nie. Sie waren ihm zu oberflächlich. Das sind mehr Gebetbücher, sagte er. Gustav hat sich immer nur an die Tatsachen gehalten, an die Luft, den Wind, den Auftrieb, solche fassbaren Dinge.

Der Nackenhorst hatte Recht. Vielleicht ist Gustav etwas eingefallen, was er vor dem Hinunterfliegen noch schnell hat nachschlagen müssen. Oder etwas ganz Anderes, Gustav hat immer drei oder vier Projekte gleichzeitig im Kopf gehabt. Wenn ich neben ihm in der Bibliothek gesessen bin, hat er manchmal auf die Decke hinauf gezeigt. Dort hin haben sie einen Himmel gemalt mit Leuten, die ein weites Gewand getragen haben. Wenn Besucher gekommen sind, haben sie gestaunt über unseren schönen Schussenrieder Himmel.

»Der Domherr da oben, der sich Flügel auf den Rücken geschnallt hat, das ist der Kaspar Mohr gewesen,« hat Gustav mir einmal erklärt. »Für mich denke ich ja, dass der gar nicht hat fliegen wollen. Siehst du, wo er hinschaut? Er tut nur so, als wenn er ins Himmelsgewölbte schaut. In Wirklichkeit will er auf die Erde schauen. Der hat keine Flügel auf dem Rücken. Auf eine Pflugschar hat der hinausgewollt.«

Es darf nicht so herauskommen, als wäre Gustav ein Eigenbrötler gewesen, ein Ungeselliger. Man hat neben ihm sitzen können, wenn er gearbeitet hat. Die Sorgen sind einem davongeflogen, wenn er dir vom Wind vorgeschwärmt hat und seinen Flügeln. Wie sich das anfühlt, diese Leichtigkeit unter den Achseln. Was für ein Glück das ist, wenn man von Dorf zu Dorf fliegen könnte, über die Alb weg, mit nichts als mit den eigenen Muskeln. Schon gar nicht war Gustav einer, der nur an sich gedacht hat und an das Davonfliegen. Für die armen Hunde auf der Geschlossenen hat er Manschetten aus Blech geschmiedet. Schmieden hat er gerade so gut gekonnt wie Körbe flechten. Oder Buchdrucken. Alles hat er gekonnt. Die Blechmanschetten hat er den Geschlossenen angelegt, vorher abgemessen damit sie vom Handgelenk genau bis zur Mitte vom Oberarm reichen, und dann angelegt. Er wollte nicht, dass die Geschlossenen nachts heimlich abgespritzt werden. Das ist vorgekommen, wenn es mit der E-Kost nicht schnell genug dahin gegangen ist. Für sich selber hat er auch solche Manschetten geschmiedet, hat geschlafen damit. Für mich nicht. Wir haben nicht darüber reden müssen, warum ich keine gebraucht habe. Es ist natürlich herausgekommen mit den Manschetten und es war klar, dass nur der Gustav so etwas zustande bringt. Trotzdem hat der Nackenhorst ihn nicht wegschaffen lassen. Gustav hat sogar seine eigenen Manschetten behalten dürfen.

Etwas verlangt hat der Nackenhorst schon damals, hat mir Gustav erzählt. Der Nackenhorst hasst Krähen, er hat Angst vor ihnen. Der Gustav hätte etwas erfinden sollen, wie man die Krähen vernichtet. Es hat viele gegeben in den hohen Bäumen von Schussenried. Obwohl das praktisch lebensgefährlich war, hat Gustav sich geweigert. Er kann keinem die Flügel brechen, der so wunderbar fliegt, hat er nur gesagt. Da könnte er sich gleich selber umbringen.

In der Bibliothek ist Gustav nicht gewesen, auch nicht in seiner Werkstatt, nicht in der Buchdruckerei, nicht in der Küche oder in seinem Zimmer. Neben seiner Zimmertür war die letzten Tage das Damenfahrrad gestanden. Angekettet, damit die Insassen keinen Unfug damit anstellen. Das Damenfahrrad gehört nämlich zum Flugapparat für das Fliegen in der Ebene. Für einen Abflug von der Rampe oberhalb der Klostermauer war es natürlich nichts. Trotzdem war es jetzt weg. Ich habe Gustav geholfen gehabt, den Damensattel dick zu polstern. Er wollte immer fliegen, aber deswegen war er nicht unvorsichtig, hat viel Zeit damit verbracht, einen Schutzhelm und einen Rückenpanzer und Knieschoner und andere Schutzsachen zu konstruieren. Hätte er das gemacht, wenn er schwach im Kopf gewesen wäre? Also. Jedenfalls war das Damenfahrrad nicht mehr dort gestanden. Die großen Tragflügel dazu, die waren auch weg.

Der Nackenhorst ist immer aufgeregter geworden, hat mich herumgeschubst und mir ein paar gelangt. Wovon Gustav natürlich auch nicht aufgetaucht ist.

»Er muss her, der Schwachkopf. Er muss fliegen. Und wenn ihm die Haut platzt – geflogen muss werden!« schrie der Nackenhorst.

»Jetzt kommt extra der Regierungsvertreter aus Stuttgart, damit er sich überzeugt, dass ich diesen Mesmer-Schafkopf die ganze Zeit über beschützt habe. Dass ich ihn nicht einem von den grauen Bussen mitgegeben habe, wie man es von mir gewollt hat. Glaubst du, das braucht keinen Widerstandsgeist, wenn du einen wie den Mesmer beschützen willst? Jede Nacht hast du Angst, sie holen dich mitsamt dem Mesmer ab. Behauptet habe ich, der Mesmer arbeitet an kriegswichtigen Erfindungen, lautlose Flugapparate, keiner hat so was. Und ewig habe ich mir anhören müssen, wo sie denn jetzt wären, meine kriegswichtigen Flugapparate, und ob mein Schwachkopf jetzt endlich fliegen würde. Der Regierungsvertreter kommt, weil der sehen will, wie der Mesmer über die Mauer fliegt. Danach soll er mit dem Mesmer reden, damit der ein Zeugnis ablegt für mich. Und jetzt ist er verschwunden, anstatt dass er fliegt, der Krüppel, der undankbare.«

Dann hat der Nackenhorst mich mit seinem gierigen Blick angeschaut, ich habe schon gemeint, ich muss wieder die Augen zumachen. Aber er hat nur, etwas ruhiger, gesagt:

»Ich hätte sonst ja nur noch dich für ein Zeugnis.«

Ob wir noch einmal bei der Bruni nachschauen? habe ich gefragt, bin vorsichtig gewesen beim Fragen, weil das mit der Bruni gegenüber ihrem Vater war heikel. Vorhin habe ich bei ihr vorbeigeschaut, da war der Gustav nicht dort. Von der Flasche grünen Likör habe ich natürlich nichts gesagt. Könnte sein, dass er der Bruni hätte Ade sagen wollen.

Der Nackenhorst hat mich noch immer so angestiert, wie ich es gekannt habe, wenn er seine Wut an mir hat abreagieren wollen. Dann hat er mich am Arm gepackt, wir sind zurück in seine Dienstwohnung. Die Bruni hat ja mit ihm dort gehaust. Sie hat einen eigenen Eingang gehabt, die Tür von ihrem Zimmer zum Wohnzimmer war immer abgesperrt.

Wir sind den großen Klostergang hinunter. Hoch oben, die Decke über dem Gang, ist ein gewölbter Himmel. In dem fliegen alle Heiligen herum und schauen auf uns herunter. Du meinst, sie sehen dich wirklich, und du musst aufpassen, dass du dich nicht versündigst. Wenn man in das dritte Stockwerk hinauf geht, sieht man, dass die Decke gar nicht gewölbt ist. Flach ist sie und nieder. Ist halt nur so gemalt. Aber täuschend.

Von den großen Gangfenstern hat man über die Klostermauer auf die Leute hinunter schauen können, die immer noch auf den Gustav gewartet haben. Geschrien haben sie jetzt, wütend sind sie gewesen, aber gehen haben sie auch nicht wollen. Auf die Kopfweiden haben sie gezeigt und die Arme ausgebreitet, als wenn sie zeigen wollten, dass da doch nichts dabei ist von der Klostermauer runter zu fliegen. Dafür hätten sie nicht herkommen müssen, wo daheim die Frühjahrsbestellung wartet.

Die Bruni ist so still und weiß auf ihrem Bett gelegen, dass ich schon das Schlimmste gefürchtet habe. Sie hat nichts angehabt. Nur das riesige Cello ist auf ihr draufgelegen, als wollte es die Bruni zudecken.

»Ich habe es doch gewusst, der Mesmer, der widerwärtige Irre«, hat der Nackenhorst ganz heiser gesagt. Ich habe nicht verstanden, was der Nackenhorst jetzt gewusst haben will. Jedenfalls habe ich die Bruni zugedeckt, damit ihre nackte Brust nicht herausschaut, das hätte sie bestimmt nicht ausgehalten.

Wahrscheinlich habe ich es gar nicht erzählt – Gustav hat das Cello für die Bruni umgebaut, hat geglaubt, sie bekommt dadurch wieder Lust zum Spielen. ›Höckerhalscello‹ hat er das umgebaute Cello genannt, weil er einen zweiten Hals an den Körper hin gemacht hat. Damit die Wirbel von dem zweiten Hals neben dem ersten Hals Platz gehabt haben, hat der zweite Hals zur Seite hin ausweichen müssen. Einen Höcker machen, hat der Gustav das genannt.

Neben dem Bett ist ein dünnes Heft gelegen. Der Nackenhorst hat es aufgehoben. Es war vom Gustav. Braunes Papier, mit Schreibmaschine geschrieben.

»XXXXXX Euer Buch! XXXX
Flug X-x Objekte 1955 v. Gust. Mesmer«, hat der Nackenhorst vorgelesen.

»Der Verfasser dieses Heftchens, hat seit Zehnjahren – Liebhaberisch – an der Luftfahrt-Forschung Anteil genommen u. sich damit beschäftigt, Anfang nehmend mit den geringfügigsten Schwingen-Flügel Aparaten, im Zeichnen, durch Modelle bauend. Ich Arbeitete in einer Korb- u. Buchbinderei wie Sattlererwerkstatt, hatte so genügend Gelegenheit, praktisch mich zu Üben. Den Erfolg will ich jetzt zum Nutzen der Luftfahrt – wie Wissenschaft Interessenten als beratliche Zwecke hiermit anbieten!

Meine Luftfahrtkenntnisse u. Anschauungen waren zuerst sehr unhinlänglich, mit stätigem suchen u. GeistigerX-Erleuchtung können u. sollen meine Hefte rätselhaften Erweis bringen!

Diese Anleitung gilt nur als PRIVAT-LUFTFAHRT-FORSCHUNG als Anschauungs Literatur, für Zukunft Flug Erneuerungen. Ich kann nur in verschiedenen Heftchen mehrartige Flugentwürfe darlegen.

So wollen wir mit Beschreibung u. Planzeichnungen darauf übergehen, auf den folgenden Seiten.«

Die Bruni ist die ganze Zeit still unter der Decke gelegen, die ich ihr hinaufgetan hatte. Neben ihr haben die beiden Köpfe vom Höckerhalscello herausgeschaut.

Vom Platz vor der Klostermauer hat man jetzt einen ganz anderen Lärm gehört. Kein Schimpfen und Fluchen. Sondern Jubel, ja ein Jubeln ist da gewesen, und ein Lachen und Hoch! und Hurra! und ein Klatschen, das hat nicht mehr aufgehört. Ich natürlich sofort ans Fenster. Auf der Straße, die vom Schussenrieder Dorf zum Kloster heraufführt, ist der Gustav auf seinem Damenfahrrad dahergeradelt gekommen. Die großen Tragflügel auf seinem Rücken haben in der Sonne geglitzert. Er hat sich gar nicht anstrengen müssen, weil der Märzwind, der so am Himmel gerissen hat, der hat ihn praktisch heraufgeschoben. Wie ein Glasspielzeug hat der Gustav von hier oben ausgeschaut. Ein viel zu kleines Glasspielzeug in einem viel zu starken Wind, auf einem Damenfahrrad, wo ich den Sattel gepolstert gehabt habe. Trotzdem hätte man mit dem Damenfahrrad nicht von den Kopfweiden herunter segeln können. Aber wenn der Märzwind einen von hinten anschiebt, dann kriegst du einen unheimlichen Schwung.

Also ist Gustav nicht von den Kopfweiden heruntergesegelt, das wäre ja auch nicht gegangen. Er muss hinten aus der Anstalt heraus sein, gesehen hat ihn keiner dabei, und über den kleinen Pfad hinunter zur Straße, die vom Schussenrieder Dorf zurück führt zum Kloster. Immer schneller ist er geworden, immer schneller mit dem Wind, und noch schneller, ein Glasindianer in einem blauen Sonntagsanzug. Von hier aus. Jetzt, hat jeder gemeint, jetzt! und jetzt hat er den Schwung zum Abheben und die Leute haben geklatscht und gejubelt und der Gustav hat nicht nur sein inwendiges Lächeln gehabt, richtig gelacht hat er und seine Flügel haben geglänzt in dem wilden Märzwind. Gerade, als er abheben hat wollen, da hat ihn der Märzrückenwind auf den Platz und mitten unter die Leute geschoben gehabt. Die haben ihm auf die Schulter geklatscht, und seine Schwester hat ihn umarmt, weil jeder gesehen hat: Er wäre bestimmt geflogen, ganz bestimmt, wenn die Straße zurück zum Kloster nur ein paar Meter länger gewesen wäre. So knapp ist es gewesen. Praktisch war er in der Luft.

Der Nackenhorst hat gar nicht hingeschaut, vielleicht hat er es auch nicht mitbekommen. Er hat weiter vorgelesen, was Gustav an den Rand von seinem dünnen braunen PRIVATLUFTFAHRT-Heft mit seiner sauberen Schrift geschrieben hat. Dort ist noch Folgendes gestanden:

»Liebes Fräulein Bruni abschiednehmend für ein von mir schätzungsweise Immer suche ich mit diesem Heftchen das ich ein Vermächtnis nennen möchte um Ihre Verzeihung. Vor dem Herrgott auch wenn er glaubenshaft nur ein Zwiespaltverhältnis zu mir pflegt und vor dem Angesicht Ihres Vaters, der gewiss lebensstellungs mäßig Oberpfleger geblieben ist, waren wir verlobt, hatten uns ja rückhaltfrei versprochen. Jedoch ist manches an Wasser die Schussen hinunter zwischen den Zeiten; ich kann Sie nur bitten und möchte das in voller Inständigkeit darbringen, dass Sie mir mein Wort zurückgeben. Sie könnten wohl darauf vertrauen, ich gebe mei-

nerseits Ihr Verlobungswort auch ohne Gebrauchsspuren zurück. Es ist an dem, ich fliege heute über die Mauer. Was für einem Zweck würde da eine Verlobung noch dienen? An Lüfteapparaten habe ich Forschung gewendet, das möchte nun belohnt werden. Wenn Sie zuschauen, dass ich über die Mauer fliege, wäre mir das ein letzter enorm wichtiger Dienst. Ansonsten werden Sie eh keine Verwendung mehr für mich haben, nachdem Wasser genug die Schussen hinunter geflossen. Ich hoffe ich tue Ihnen nicht weh, es tut ja etwas weh auch für die, die sich beide nicht brauchen können. Mein wirkliches Bedürfnis ist das Fräulein Kaisja, Sie wissen, sie verbäckt den Dinkel. Ich brauche sie, weil ein privater Luftfahrtforscher einen Menschen haben muss, der nur und nur seinen eigenen Augen trauen will. Das Fräulein Kaisja glaubt nicht an mich, sie glaubt an das was sie sieht. Deswegen ist sie mir unabkömmlich und ich werde sie bitten, dass sie mir über die Mauer folgt.

Für Sie hoffe ich auf ein schönes Leben und werde Sie auch nie vergessen. Immer Ihr Mesmer Gustav.«

Kaspar Mohrs Fall

Blutstag heißen sie es hier. Bei uns sagen sie Fronleichnam. Gleich wie sie es heißen, eine Reue sollst du jedenfalls haben und eine Furcht. Wer bei der Fronleichnamsprozession nicht mitgeht, dem fehlen Furcht und Reue. Verstockt ist so eines, und verloren.

Erwartet ist natürlich worden, dass auch die Els mitgeht. Sie hätte diesmal sogar den Finger tragen dürfen. Jedes Jahr führt eine von den Unverheirateten den Zeigefinger vom Heiligen Siard in der Fronleichnamsprozession mit. Jedes Jahr eine andere. Wie es so hart war mit der Pest, haben sie schon mal eine von Eggatsweiler her geholt oder von Eggmannsried. Aber die Prozession, sagen sie, die Prozession in Michelwinnaden, die haben wir doch noch jedes Jahr zusammengebracht, jedes Jahr, das Gott uns herausgezählt hat. Wir haben immer eine gehabt. Jungfrau muss sie am Blutstag noch sein. Das ist überhaupt das Wichtigste.

Das Jahr über verwahren sie den Zeigefinger vom Heiligen Siard in der Michelwinnader Kirche. An Fronleichnam ziehen sie ihn heraus, und die Unverheiratete muss sich auf den mächtigen Eisenstuhl hinaufsetzen. Kaum dass sechs Männer ihn tragen können. Sie hält das Schauglas hoch, in dem der blasse Zeigefinger schwimmt. Der bläuliche Fingernagel ragt ein Stück über die Fingerkuppe hinaus. Die ganze Zeit muss sie das Glas hochhalten, auf den Armlehnen kann sie sich nicht abstützen. Die sind so hoch, da kommt sie nicht hin. Auf den Finger schaut keiner, alle schauen nur auf sie. Überlegen, ob sie bald reif ist.

Mangold, der Abt, hätte gewollt, dass die Els dies Jahr auf dem Eisenstuhl sitzt. Die Els hat nur gelacht. Ob der Herr Abt jetzt auch sie zur Jungfer machen muss. Mit Reue und Furcht. Sie, die Els jedenfalls, wird den Leib des Herrn an diesem Tag auf ihre Weise preisen. Bei der Fronleichnamsmesse wird sie die Orgel schlagen, und ich, der Stainer Jakob aus Absam in Tirol, ich muss sie auf meiner Violine begleiten. Els sagt, das gefällt dem lieben Gott besser als ein blasser Zeigefinger. Weiß eh niemand, wo der heruntergeschnitten ist.

Dem Abt Mangold widerspricht man nicht. Keiner tut das. Außer die Els. Unbegreiflich, was die Els sich traut. Und dann auch noch verlangen, dass ich Violine in der Kirche spiele. Die Leute sehen die Violine für ein Wirtshausinstrument an, ein unehrliches Trumm Holz, das den Betrunkenen den Aufruhr in die Füße jagt. Ich wüsste recht gern, warum der Abt Mangold der Els das durchgehen lässt. Obwohl: eigentlich ist es mir gleich. Solange ich nur neben ihr stehen kann und hinschauen auf sie.

Selber schaut die Els nicht oft zurück. Und wenn, dann lässt ihr Blick einen nicht mehr los. Die langen, braunen Haare werden ihr recht schwer. Das Gesicht voll Sommersprossen. Nur über der Oberlippe nicht. Sieht aus, als trägt sie dort einen Streifen Sonne. Solange ich sie anschaue, ist mir alles gleich. Soll meine Violine herausbringen, wofür ich keine Worte habe.

Die Fronleichnamsmesse hat noch nicht angefangen. Die Prozession muss erst um alle Äcker herum ziehen. Das Korn ist kräftig gewachsen in dem Jahr. Dafür muss man dankbar sein und darum bitten, dass er keine späte Kälte schickt oder Hagel. Damit das Korn sich aufrecht hält beim Schnitt. Der Finger vom Heiligen Siard muss auf die Höfe zeigen, bloß keinen auslassen. Dafür setzen sie die Jungfrau auf den Eisenstuhl: dass sie den Finger über die Fluren führt, ihn hinzeigen lässt auf die Wege und die Felder, zur Alb hinüber und hinunter zum Bodensee. Erst wenn auf alles gezeigt ist, dürfen sie in die Kirche hinein.

Els sagt, heute müssen wir ums Leben spielen. Wenn der Erste zur Kirchentür hereinkommt, gehn wir es gleich an. Wir spielen ihnen das Herz aus der Brust, so dass sie es in die Wolken hinauf schmeißen wollen. An das Andere dürfen sie gar nicht erst zum Denken kommen.

Was das Andere ist, sagt Els nicht. Sie sagt selten etwas, auf das man gerade neugierig wäre.

Ich weiß nicht, ob ich das hinbringe mit dem Herz in die Wolken schmeißen. Wir können so selten üben.

Manchmal geht der Kaspar mit uns in die Schussenrieder Kirche und lässt uns spielen. Er hat die Orgel selber gebaut, der Kaspar. Pater Kaspar Mohr, Prior vom Kloster Schussenried. Seit er von Italien zurückgekommen ist, wo sie Orgeln bauen mit Tönen, die über dich kommen wie ein Sturm, seither ist er unzufrieden. Er will seine brave Schussenrieder Orgel auseinanderreißen, sie besser bauen. Aber er hat so viel zu tun, ist bisher nicht dazu gekommen. So kann die Els manchmal auf der Orgel üben, für die der Kaspar sich schämt. Ich spiele die Violine dazu.

Es kann nicht mehr festgestellt werden, wie es dazu kam, dass Abt Mangold von einem Mädchen Widerspruch duldete. Wahrscheinlich war sie an dem Fronleichnamstag, von dem hier die Rede ist, fünfzehn Jahre alt, eines mehr oder eines weniger, es ist ohnehin nicht entscheidend. Kein Mädchen mehr und noch keine Frau. Seinerzeit musste man sich beeilen, wenn man vom Leben überhaupt etwas mitbekommen wollte. Eine, die dem Abt widersprach, wo gab es das? Dabei kennen wir nicht einmal den Namen ihres Vaters, eines Kleinbauern, der auf den Feldern des Klosters ackerte.

So vieles wurde damals abgemalt und porträtiert. Die Pest, die Chorherren des Prämonstratenser-Ordens von Schussenried, die Hexen, der Dreißigjährige Krieg. Irgendeine Spur musste man doch hinterlassen in dieser Zeit, die einen in die Grube mit Kalk wirft, wo einem das Fleisch weggeätzt wird bis auf die weißen Knochen. Viele wurden schon zu Lebzeiten in diese Grube geworfen.

Vom Abt Mangold gibt es ein Porträt. Eine haltlose Masse Farblosigkeit. Und viel Gold. Die Unterlippe über das schwere Kinn vorgeschoben, das rechte Auge irrt ziellos herum. Eine Weichlichkeit im Gegensatz zu seiner offensichtlichen Macht, etwas Lauerndes unter der blassen Haut. Ein paar Sommersprossen auf dem Handrücken, wie hingepfeffert. Sie sind noch das Lebendigste.

Auch von Kaspar Mohr gibt es ein Bild, ein Fresko im Bibliothekssaal von Schussenried. Darauf wird zurückgekommen werden.

So vieles abgemalt und porträtiert. Von Els kein Bild. Von dem Mädchen, das sich getraut hat, dem Abt zu widersprechen: Nichts. Wir wissen nicht einmal, ob sie wirklich Els hieß oder nicht doch eher Elßlin oder Eltzabet. Wir wissen, dass sie an diesem Fronleichnam die Orgel spielte, was für sich genommen schon ungewöhnlich genug war. Sonst sind wir auf das angewiesen, was Jakob Stainer schreibt. Jakob, der, nach allem was von ihm überliefert ist, seiner Violine das Reden überließ. Selber kamen ihm die Worte schief heraus.

Els kam jeden Tag ins Kloster zum Unterricht bei Kaspar Mohr. Der wird ein schlechter Lehrer gewesen sein, eigentlich gar keiner. Sein Kopf war zu voll. Er konnte keine Feldhacke ansehen, ohne sich zu überlegen, wie anders der Stiel geschwungen sein müsste, damit sie in einem schärferen Winkel in die Erde fuhr. Er konnte keine Wolke anschauen, ohne über das Wetter, über Blitzableiter, Drainagerohre und Entwässerungsgräben nachzudenken. Er schlief schlecht, weil ihm die Zeit zu kurz war für all seine Neugier und seinen Zorn über das Verbesserbare. Manchmal dachte er, es müsste angenehm sein, wenn er fliegen könnte. Einfach in den stillen Wolken herumsegeln, wenigstens für kurze Zeit diesem Brausen entkommen, das einem den Schädel sprengt. Aber was sollte er in den Wolken. Auf der Erde wurde er gebraucht, an Hacken, Drainagerohre und Orgeln musste er denken. Außerdem hatte er entsetzliche Angst vor dem Fliegen.

Der Abt Mangold selber hatte Kaspar gebeten, Els zu unterrichten. Es gab Zweifel an Kaspars Festigkeit im Glauben. Wie soll einer, der sich für Feldhacken und Drainagerohre interessiert, ein Mädchen aufs Klosterleben vorbereiten? Und doch hatte dieser weißliche, schlaffe Abt Mangold aus dem Kaspar Mohr etwas herausgewittert, von dem er wollte, dass der es an Els weitergab. Er ließ Kaspar freie Hand beim Unterricht, schien sich nicht einmal darum zu kümmern, was Els lernte.

Der Unterricht, wenn man es Unterricht nennen kann, wurde in Kaspars Werkstatt erteilt. Ein großer Raum mit zwei Fenstern, von denen aus man über die Alb sah, zugleich eine Tischlerei, ein Musikzimmer, eine Bücherkammer, ein Chemielabor. Weil er fand, dass es mehr als genug Ordnung auf dieser Welt gab, hielt Kaspar sich nicht damit auf, seine Werkstatt aufzuräumen.

In letzter Zeit kam immer häufiger Jakob Stainer zu Kaspars Unterricht dazu. Sein Vater hatte ihn zu einem Michelwinnader Tischler in die Lehre geschickt. Obwohl Jakob eigentlich Geigenbauer lernen wollte. Aber der Vater hatte ihn gefragt, wofür bitteschön die Leute im Tiroler Absam Geigen brauchen? Stühle brauchen sie, Tische, auf die man eine Mahlzeit stellen kann, ein festes Geländer. Das sollte er lernen. Kaspar hatte dem Jakob in der Tischlerwerkstatt bei der Arbeit zugesehen. Nachher hatte er Jakob gefragt, warum er mit den Balken so sanft umgehe, sie streichele, beklopfe, in sie hineinhorche, als gäben sie ihm Antwort. Man muss jedes Holz so anfassen, als möchte es eine Violine werden, hatte Jakob gesagt. Auch wenn es am Ende nur ein Türpfosten wird. Oder ein festes Geländer. In dieser Überzeugung trafen sich Kaspar und Jakob: dass alles eigentlich zu allem taugt, weil alles Stoff ist, aus dem unsere Hände die darin verborgene Form nur heraus brechen müssen.

Falls man, was die Ordensbrüder häufig taten, vor der Tür zu Kaspars Werkstatt stehenblieb, hörte man ein Schweigen, ein Schaben oder feines Kratzen, höchstens ein Klopfen. Manchmal schienen die drei in der Werkstatt zu diskutieren oder sie summten und sangen. Keine richtige Melodie. Sondern einen Grundton, zu dem die beiden anderen Stimmen nach der präzisen Terz oder Quint suchten. Erklären hörte man Kaspar nie etwas. Er schien mit Els und Jakob nicht so zu reden, wie man mit Schülern redet. Er hatte keine Erklärungen. Er suchte welche.

Mit dem Zählen, hatte Kaspar Mohr zu Jakob gesagt, als der zum ersten Mal ins Kloster gekommen war, mit dem Zählen fängt die Weisheit überhaupt erst an. Nicht mit dem Daherreden. Mit dem Zählen. Mit dem Zählen brechen wir die Dinge aus ihrer Schale – ein Gott, zwei Kartoffeln, drei Violinen, ein Drainagerohr. Mit dem Zählen reduzieren wir die Dinge auf ihr Wesen – ihre Einsheit, ihr Zweisein, ihre Dreiheit.

Und dann zitierte der Pater Kaspar, so selten er sich sonst auf die Bibel berief, den Psalm: »So lehre uns denn zählen unsere Tage, damit wir ein weises Herz erlangen.«

In den letzten Monaten hatte Kaspar während des Unterrichts nur noch über Kartoffeln gesprochen. Das kam so.

In Rom, der Abt hatte ihn dort hin zum Studieren geschickt, hatte er irische Mönche getroffen. Sie berichteten, das Klima auf ihrer Insel sei dem Glauben günstig. Ursache sei der ewige Hunger der Leute. So umfassend sei dieser Hunger, dass sie das Interesse am

Diesseits schier verloren hätten. Ihre Sehnsucht richte sich auf das Jenseits, auch wenn sie zu hungrig waren, um sich darunter mehr vorzustellen, als einen großen Eimer Milch, in dem Brotstücke schwimmen. Ein fruchtbarer Acker für die Worte des Herren sei ihre Insel. Nur dass man in letzter Zeit begonnen habe, eine neue Pflanze aus Amerika anzubauen, die ›Kartoffel‹ genannt wurde. Seither hatte in manchen Dörfern der Besuch von Kirche und Beichtstuhl nachgelassen. In Rom hatte Kaspar unter den vielen Büchern über Ackerbau auch eines von einem gewissen Elsholtz gefunden. In dem stand: »*Diese Wurzeln, die ich holländische Tartuffeln nenne, wachsen von sich selbst in America und den nahe daran gelegenen Inseln. Diese anmutigen Wurzeln kommen selten zu uns und es ist falsch, trotz ihrer Schönheit, nur Zierpflanzen in ihnen zu sehen. In Liebligkeit übergehen sie wohl die Castanien und die gemeine Zuckerwurz weit, und wären es wert, dass man sie auch bei uns ziehen wollte.*«

Wenn dieser Elsholtz die Kartoffel in Berlin und Brandenburg ziehen konnte, wenn sie auf den irischen und den amerikanischen Inseln wuchs, wer sollte die Kartoffel daran hindern, in Oberschwaben zu gedeihen? Hier, wo späte Kälte und Hagel das Getreide zerschlugen, auch wenn es an Fronleichnam noch gut gestanden hatte. Hier, wo es seit der letzten Pest keine Menschen mehr gab für die Äcker, und keine Sommer für das Jahr.

Kaspar fragte sich manchmal, warum er eigentlich ins Kloster eingetreten war. Es gab viele Gründe, die meisten davon unwichtig und längst vergessen. Ein Grund war bestimmt sein ewiger Hunger. Den vergaß er nie. Zu seinen Kindheitserinnerungen gehörte der wöchentliche Backtag, wenn die Frauen den Sauerteig zum Dorfbackofen brachten. Dann saß er neben dem Ofen, drückte sich an die warmen Steine hin und füllte sich mit dem Duft des frischen Brotes. In den Klöstern musste es Weizenbrot im Überfluss geben. ›Domherrenbrot‹ nannten die Bauern es. Kaspar stellte sich freundliche, weiße, sanft geblähte Laibe vor, während er in das bittere Brot biss, das nach den vielen Eicheln schmeckte, die die Mutter verbacken musste, um die Löcher zwischen den wenigen Roggen- und Weizenkörnern auszufüllen. Vielleicht war die Angst vor dem Hunger bis heute der wichtigste Grund für Kaspar, im Kloster zu sein. Und dort zu bleiben.

Er hatte ewig Hunger, eine Liebe für das Unsichtbare und eine schreckliche Angst vor dem Fliegen.

Er wusste, die Bauern um Schussenried könnten das Hungern vergessen, wenn sie Kartoffeln anbauten. Kartoffeln, Winterfutter für das Vieh und eine Pflugschar, die die Erde gründlich aushob, darum ging es in diesem Land, das die Pest von Menschen entleert hatte. Vor allem aber um Kartoffeln. Seit Monaten waren seine Sonntagspredigten ein Preislied auf diese Wurzel, eine Aufforderung zur Umkehr, eine Predigt zur Buße. Die

Buße sollte darin bestehen, dass sie Kartoffeln anbauten. Meist zitierte er einleitend eher nachlässig einen Psalm, sah zum Kirchengewölbe hoch und senkte dann den Kopf, als müsse er mit der Stirn die Furchen für die Kartoffeln ziehen. Und dann tobte und schrie er los, ob sie denn alle verrückt wären, sich mit dem Hunger abzufinden und nichts dagegen zu unternehmen. Wenn sie an den Herrgott glaubten, dann sollten sie auch daran glauben, dass der ihnen die Pest, die Not und den Hunger schickte, weil er sehen wollte, wie sie mit diesen Prüfungen fertig würden. Er wollte nicht sehen, dass sie sich geduldig wie die Lämmer darein schickten. Schließlich gab ihnen der Herrgott zusammen mit der Prüfung immer auch die Instrumente, um die Prüfung zu bestehen. Gerade so ein Prüfungsinstrument sei die Kartoffel. Das Korn sei dem Hagel und der späten Kälte ausgesetzt. Die Kartoffel sei gut geborgen in der warmen Erde. Unerreichbar für die Launen des Wetters wachse sie heran, auch über den Winter komme sie gut. Man könne sie lagern und essen, ohne sie zu säuern wie das Brot, über dem man das Kreuz schlagen musste, und das die Mutter nur einmal in der Woche heimbringen konnte vom Backofen des Dorfes. Er erzählte von den Kochrezepten, von denen er gehört hatte, aber die schienen ihnen zu vertrackt. Er sagte, dass die Fürsten die Kartoffel auf ihren weißen Tischen auftragen ließen, aber das machte sie noch misstrauischer. Er malte ihnen aus, wie gut geschützt sie in dunkler Erde wuchs. Sie dachten nur an

Würmer. Er sprach ihnen von den bezaubernden Blüten der Kartoffel. Aber wie soll eine Pflanze zugleich schön und nützlich sein? Sie kannten nur Pflanzen, die das eine waren oder das andere, nie beides zugleich.

Vor Weihnachten hatte Kaspar in seinen Predigten geschimpft, dass sie im Spätsommer die Blätter der Buche und der Esche nicht abgeschnitten, getrocknet und gelagert hatten, damit das Vieh über den Winter kam. Aber dafür war es an Weihnachten schon zu spät und ob sie im nächsten Spätsommer wieder daran denken würden? Nach Dreikönig dann hatte er ihnen gepredigt, dass ihre Pflüge nichts taugten, sie müssten schärfer sein und das Grabscheit anders angebracht, damit es die Erde besser aufwarf. So wie er es ihnen aufgezeichnet hätte. Dabei entfaltete er ein großes Stück Papier, das er über die Kanzelbrüstung hängte. Darauf sollten sie die Konstruktion seines neuen Pfluges erkennen. Sie war einfacher und überzeugender als das Vaterunser.

Und jetzt eben: die Kartoffel. ›Hochwürden Kartoffel‹ nannten sie Kaspar Mohr hinter seinem Rücken, aber das hätte ihn vielleicht sogar gefreut. Es kann nicht einmal ausgeschlossen werden, dass Kaspar diesen Namen selber in die Welt gesetzt hatte, nur damit häufiger von der Kartoffel die Rede war.

Wegen der Kartoffel hatte Kaspar Mohr sogar das Messelesen in den kleinen Orten, die zu Schussenried gehörten, mit übernommen, ein Dienst, vor dem die anderen Domherren sich gerne drückten. Er verteilte im Beichtstuhl Zettel, auf denen er die Vorteile des Kartoffelanbaus aufgeschrieben hatte. Wenn er ihnen als Buße aufgab, den Zettel zweimal abzuschreiben, war das nicht sehr wirkungsvoll. Er vergaß oft, dass die wenigsten lesen oder schreiben konnten. So rastlos war er unterwegs in den Kirchen, Kapellen und Beichtstühlen, dass die Leute sagten, der Pater Mohr kann fliegen. Es müsse einer doch fliegen können, wenn er, der gerade noch in Michelwinnaden gepredigt habe, einen Augenblick später schon das Loblied seiner Kartoffel in der Otterswanger Kirche heraussingen konnte und, die Leute saßen noch ganz ungläubig in ihren Bänken, jetzt schon in Oggelshausen, Untereggatsweiler oder Eberhardszell damit weitermachte. Kaspar hatte nichts gegen solche Gerüchte. Sollten sie glauben, er könne fliegen, wenn er ihnen damit nur einen Glauben an die Kartoffel einpflanzte. Einen Glauben und eine Ehrfurcht. Es musste möglich sein, sie zum Kartoffelanbau zu bringen, statt dass sie ihr Feld jedes dritte Jahr brach liegen ließen, und nicht einmal das Gras schnitten, um das Vieh über den Winter zu bringen. Ihm war jedes Mittel recht, das den Hunger stillte. Es musste ja keiner wissen, welche schreckliche Angst er vor dem Fliegen hatte. Wie froh er war, dass außer den Vögeln und den Wolken und den Tönen der Orgel und der Violine niemand fliegen konnte. Bisher hatte ihn keiner beim Fliegen gesehen. Aber dass er fliegen konnte, glaubte man, auch ohne es gesehen zu haben.

Sogar heute, an Fronleichnam, das sie hier Blutstag nennen, würde er über die Kartoffel predigen, das hatte er sich fest vorgenommen, und anders würden die Bauern es nicht erwarten.

Seine Mitbrüder, die wegen des Fingers des Heiligen Siard am Fronleichnamstag nach Michelwinnaden in die Messe zu gehen pflegten, würden erstaunt, sogar empört sein, wenn heute die Kartoffel zur Sprache käme und nicht der Leib Christi. Dabei war die Kartoffel der Leib Christi. Aber das war schwer zu verstehen, wenn man Domherrenbrot schon zum Frühstück hatte.

Wenn es zu einer Predigt heute überhaupt kommen würde. Denn das, wozu ihn der Abt Mangold an diesem Fronleichnam zwang, das konnte durchaus schlecht ausgehen, ja es musste eigentlich schlecht ausgehen. Hatte Els nicht gesagt, wir müssen spielen, als geht es ums Leben? Er hatte dem Abt Mangold, als dieser ihm sagte, was er von ihm, Kaspar Mohr, erwartete, zwar widersprochen. Aber der Abt hatte nur seine Engerlingfinger gegen ihn ausgestreckt. Ob er, Bruder Kaspar, es wirklich am Gehorsam gegenüber seinem Abt fehlen lassen wolle? Müsse er ihm ins Gedächtnis rufen, welche Maßnahmen ihr Prämonstratenserorden vorsah, um einen Bruder auf den Weg des Gehorsams zurückzuschaffen?

Warum hat man von diesem Kaspar Mohr, dem Flügel wuchsen damit er seine Kartoffelpredigten halten konnte, zu Lebzeiten kein Bild gemacht? Wahrscheinlich ist, dass Abt Mangold es verhindert hat. Es war Ketzertum, von der Kanzel herunter Kartoffelanbau zu predigen. Sollte er Els unterrichten, der Pater Mohr. Sollte er die Orgel bauen und das Uhrwerk für den Schussenrieder Turm. Sollte er berechnen und konstruieren. Aber keine Kartoffeln. Von denen hatte er zu schweigen.

So vieles wurde damals gemalt und porträtiert. Von Kaspar Mohr kennen wir nur dieses eine Bild, das hundert Jahre nach seinem Tod, also um das Jahr 1757 herum, geschaffen wurde. Es ist Teil des Deckenfreskos in der zweigeschossigen Bibliothek von Schussenried. Kaspar Mohr steht unter dem Gotteslamm, das im Mittelpunkt des Freskos lagert. Und Kaspar Mohr steht über Aristoteles und Diogenes, die so dargestellt sind, als könne man sie in der Kneipe von Michelwinnaden treffen, und ihnen zuhören, wenn sie über ihre Ehefrauen oder die Ernteaussichten redeten. Es ist offensichtlich, dass der Maler gar nicht erst versucht hat, den wirklichen Kaspar Mohr zu porträtieren. Allenfalls die dunkle Haut, die er ihm mitgegeben hat, mag als Anspielung auf seinen Namen durchgehen.

Aber eines hat der Maler Hermann, der den Kaspar Mohr nie gesehen hat, doch richtig erfasst. Der Maler hat ihm Flügel gegeben. Kaspar hat sie wie einen Rucksack über die Schultern geschnallt. In den Händen hält er Zügel. Sie reichen von den Griffen seiner Rucksackflügel bis zu seinen Füßen und enden in Schlaufen, in die Kaspar gestiegen ist. Wie in Steigbügel. Seine Hüften unter der weißen Kutte sind seltsam rund. Er hebt das rechte Bein in dem Flugsteigbügel in einer affektierten Bewegung hoch. Man sieht sofort: Fliegen kann der nicht, unmöglich konnte der fliegen. Was er da macht, das sind höchstens Hüpfer auf einer Wolke. Kniehohe Hüpfer, mehr nicht. Eine bleiche Gestalt, wahrscheinlich Dädalus, steht hinter ihm und warnt ihn, ja nicht höher hinaus zu wollen. Kaspar hört auf Dädalus, insofern hat sich die Sage verändert. Aber Dädalus muss nicht warnen, weil Kaspar gar nicht die Absicht hat, sich mit seinen Flügeln der Sonne zu nähern. Fliegen ist das Letzte, was er will. Das sieht man auf dem Fresko, und das ist gut getroffen. Das Fresko gibt uns das Bild von einem, der hart gebrannt ist von der Arbeit auf den Feldern, ein Bauer, kein Mönch. Und schon gar nicht ein Domherr. Sondern einer, der sich ums Essen kümmert. Ein kraftvoller Hals, braune Haare, die ihm auf die Schulter reichen. Er macht nicht den Eindruck, als wolle er den Kopf in die Wolken heben. Hinunter zum Acker will er sich beugen, zu den Furchen, zu den Kartoffeln. Nicht nach oben schauen, nach unten. Ihn interessiert nicht der Flug, ihn interessiert der Fall. Gleich wird sein Fuß auf der Erdkugel landen, die unter ihm auf dem Tisch der Prämonstratenser Äbte steht. Es ist das Bild von einem, der überhaupt nicht fliegen will. Es gar nicht könnte mit den Dohlenflügeln, die ihm auf dem Rücken kleben. Das

Fresko ist höchstens der ungelenke Traum des Malers vom Fliegen. Man muss vom Fliegen gar nichts verstehen, um sofort zu begreifen, dass man so jedenfalls nicht in die Höhe kommt.

Inzwischen war die Fronleichnamsprozession bei der Kirche von Michelwinnaden angekommen. Schwitzende Bauern stemmten einen Tuchbaldachin an langen Stangen über den Abt Mangold. Es waren Goldfäden hinein gewebt, und galt als eine große Ehre, diesen Himmel zu tragen. Dahinter die Jungfrau auf ihrem Eisenstuhl mit dem Finger des Heiligen Siard. Der Abt hielt die Monstranz mit dem Leib des Herrn in die Höhe, schien beim Segenausteilen aber nicht recht bei der Sache zu sein. Immer wieder versuchte er unter dem Baldachin heraus in den wirklichen Himmel zu blicken, als erwarte er von dort den Heiligen Geist. Oder den Heiligen Siard mit Flügeln. Oder ein dröhnendes Nichts.

Kaspar Mohr von seinem Beobachtungsposten hoch über der schimmernden Landschaft, auf der das Grün der Äcker und Blätter und Gräser lag, als wöge es gar nichts, konnte alles genau sehen. Sogar das unstet herumirrende rechte Auge des Abtes erkannte er, die hingepfefferten Sommersprossen auf seinen weißen Handrücken, alles.

Es musste kurz nach Ostern gewesen sein, der Schnee war noch nicht weggetaut von den Feldern, da hatte der

Abt Mangold Kaspar einen Vorschlag gemacht. Natürlich hatte der Abt von Kaspars Messdiensten gehört und auch, dass die Leute glaubten, Kaspar könne fliegen. An Fronleichnam, bis dahin sei ja Zeit genug, an Fronleichnam also wolle er mit seinen eigenen Augen sehen – dabei deutete der Abt auf sein ziellos herumirrendes rechtes Auge,- wie Kaspar zur Messe geflogen käme. Zur Fronleichnamsmesse. Kaspar würde in der Prozession nicht mitgehen wie die anderen Domherren. Er würde geflogen kommen. Das würde den Glauben an die Sache der Mutter Kirche stärken. Und: »Wenn die Leute sich davon überzeugen, dass du fliegen kannst, werden sie es nach der Messe kaum erwarten können, auf ihre Felder zu kommen und die Erde umzupflügen und aufzureißen und deine Kartoffeln darin zu begraben. Du wirst fliegen und sie mit deinem Flug überzeugen, nicht wahr?«

Mit einem feinen Lächeln auf seinem weißen Gesicht hatte der Abt die Werkstatt von Kaspar verlassen. Er hatte dem Vater von Els, der dem Kloster zu Dienst verpflichtet war, angeschafft, Dohlenfedern zu besorgen, einen ganzen Sack voll. Der Mann verstand sich darauf, Dohlen zu fangen und zu rupfen. Danach sollte er die Federn zu einem Färber nach Füssen schaffen. Sollte der zusehen, dass er mit scharfen Säuren dieses hochmütige Glänzen aus den Federn wusch, vielleicht könnte er ein bescheidenes Grau hinbekommen. Oder sogar ein Weiß.

Den Sack mit Federn stellte der Abt dem Kaspar in die Werkstatt. Er könne selbstverständlich auch ohne Flügel fliegen, ohne weiteres traue er ihm auch das zu. Wäre er allerdings an Kaspars Stelle, würde er sich Flügel bauen. Schon seiner berühmten Kartoffeln wegen. Kaspar wisse doch, die Leute glaubten nicht an seine Kartoffeln. Und sie würden den letzten Rest Glauben verlieren, wenn er vom Kirchturm spränge und läge auf dem Kirchvorplatz mit zerschmetterten Gliedern und taugte höchstens noch dafür, seine Kartoffeln zu düngen. Also sicherheitshalber Flügel, auch wenn Kaspar denke, er könne gut auf Flügel verzichten. Als eine Art Versicherung gegen den Hochmut.

Der Abt hatte sich auf den Stuhl in Kaspars Werkstatt gesetzt, faltete die Engerlingsfinger mit den hingepfefferten Sommersprossen und beobachtete Kaspar aufmerksam, während er weitersprach. Hatte Kaspar bei Galileo, seinem Lehrer, von dem er häufiger redete als vom Apostel Paulus, nicht genug über die Schwere gelernt, um sie endlich zu überwinden? Was sich berechnen lässt, das kann man sich untertan machen – sei das nicht das Credo, das er aus dem milden Klima Italiens mitgebracht habe? Es war an der Zeit, dass verstanden wurde, warum man Kaspar nach Rom und Perugia geschickt hatte, Ordensgelder ausgegeben hatte für seine Ausbildung. Diese Ausgaben musste jetzt wieder hereinkommen.

Es ließ sich leicht begreifen, dass der Vorschlag des Abtes kein Vorschlag war. Es war eine Verurteilung. Der Abt hat ihn zum Fliegen verurteilt. Er konnte ihn zu allem verurteilen, das Kloster und damit der Abt besaß den Blutbann. Nur: hatte Kaspar sich nicht selbst schon seit langem zum Fliegen verurteilt? Hatte er nicht zugelassen, dass die Bauern glaubten, er könne fliegen? Nur wegen dieser Fähigkeit waren sie überhaupt bereit, ihm ernsthaft zuzuhören, wenn er Kartoffeln predigte. Er hatte keine Skrupel gehabt, sein richtiges Ziel mit verlogenen Mitteln zu erreichen. Das lernte man im Kloster. Sicher wusste der Abt Mangold, welch entsetzliche Angst Kaspar Mohr vor dem Fliegen hatte.

Nachdem der Abt ihm den Sack Federn in die Werkstatt gestellt hatte, musste Kaspar seine Konstruktionszeichnung von schärferen Pflügen zur Seite legen und die Holzstiche, auf denen seine geliebten Kartoffelpflanzen abgebildet waren. Er begann damit, Flügel zu skizzieren, Aufhängevorrichtungen, Scharniere, Lederschlaufen, in denen seine Füße Halt finden sollten, Gurte, die vielleicht die Flügel in Bewegung setzen würden.

Els ging ihm zur Hand. Sie wusste, dass es eine Verurteilung war. Andere wurden zum Scheiterhaufen verurteilt, wenn sie von der Kanzel herunter Gottes Wort nicht auf gut katholische Weise verkündeten. Ihr Lehrer Kaspar Mohr war zum Fliegen verurteilt worden. Es kam auf dasselbe heraus. Menschen konnten nicht fliegen, das war klar. Aber wenn sie die Dohlenfedern mit Knochenleim auf Pergament aufklebten, und die Kunstflügel nur recht groß und gewölbt machten, vielleicht dass Kaspar damit zwar nicht fliegen aber doch wenigstens seinen Fall abbremsen und glimpflich machen konnte? Und hatte der Abt etwa gesagt, Kaspar müsse von Schussenried nach Michelwinnaden hinüber fliegen? Hatte er nicht. Also konnte er sich doch an Fronleichnam gleich oben im Turm der Kirche von Michelwinnaden verstecken. Sie würde hinter der Ulme am Eingang zur Kirche Heu aufhäufen und Blätter, und auf diese Weise einen Platz vorbereiten, auf dem er sich beim Landen nicht gleich alle Knochen brechen würde. Els würde die Orgel spielen und der Jakob die Violine, dass es wie ein Brausen über die Leute käme. Und wenn die alle nur noch daran dächten, ihr Herz in die Wolken zu schmeißen, dann könnte er unbemerkt hinunter springen auf den Haufen Heu, die Flügel der Dohlen würden seinen Fall bremsen.

Kaspar nickte. Es freute ihn, wie praktisch Els dachte. Er hatte entsetzliche Angst, er wusste, die Dohlenfedern würden nichts nützen. Trotzdem freute es ihn. Er war kein rechter Lehrer. Aber sie hatte etwas bei ihm gelernt.

Und so stand er jetzt am Schallloch des Michelwinnader Kirchturms, hinter ihm dröhnten und tobten die Glocken, als wollten sie ihn hinunterstoßen von diesem heiligen Ort, an den er nicht hingehörte. Er sah, wie die Menschen in die Kirche eintraten. Es würde sein letztes Fronleichnam sein. In ein paar Augenblicken, wenn Jakob auf der Violine sein Solo begänne, würde er springen. Musste er springen, musste er fliegen. Weil Abt Mangold ihn dazu verurteilt hatte. Weil er sich selbst dazu verurteilt hatte, mit seinem ewigen Hunger. Und weil er die Kartoffel wollte. Das Heu würde nichts nützen und diese Flügel, die er nur mit halbem Herzen berechnet und ängstlich mit Els' Hilfe zusammengeleimt hatte, die würden auch nichts helfen, er konnte mit den Flügeln flattern oder auch nicht – der Kirchturm war einfach zu hoch.

Kaspar ärgerte sich jetzt, dass er nicht mehr Mühe an die Berechnung der Flügel gewandt hatte. Er wusste, dass der Flug einfacher ist als der Fall. Wenn man den Fall begreift, hat man alles verstanden. Fliegen war dagegen eine Spielerei, ein tödliche vielleicht, aber eine Spielerei. Trotzdem hätte er gründlicher darüber nachdenken müssen. Nicht weil ihm das erspart hätte, in ein paar Augenblicken auf dem Kirchhof unten mit zerschmetterten Knochen zu liegen. Um fliegen zu können, würde die ganze Menschheit noch viel mehr rechnen müssen. So schnell entlockte man der Natur ihre Melodie nicht. Nein, er ärgerte sich, weil er nicht richtig herangegangen war an die Sache. Man kam nicht weiter, wenn man der Natur das Offensichtliche absah und es nachahmte. Dohlen können fliegen, Dohlen haben

Flügel. Also muss der Mensch sich Dohlenflügel bauen. So war das falsch. Man musste nach dem Unsichtbaren suchen, dem Wirkprinzip der Dohlenflügel. Nicht nach äußeren Ähnlichkeiten, sondern nach inneren Gesetzen. Selbst die federleichte Dohle war ja nicht leichter als Luft. Irgendeine unsichtbare Kraft musste sie gegen ihre eigene Schwere in die Wolken hinauf drücken, eine Kraft unter den Dohlenflügeln, die größer war, als die Schwerkraft oberhalb derselben, die die Dohle hinunter drückte. In der Luft sah man diese Kräfte nicht, die miteinander um die Dohlenflügel rangen. Man konnte sie nicht sehen. Man musste sie berechnen. Berechnen, das konnte man.

In der Kirche begann Els zögernd, als wisse sie noch nicht, mit welchen Tönen sie den Herrn loben sollte, die Orgel zu spielen. Gleich, Kaspar sah die Melodie vor sich wie die oberschwäbische Landschaft unter ihm, gleich käme Jakobs Violine. Wie ein unerwarteter Schmerz würde sie einfallen, in ein paar Atemzügen. Die Menschen, die feierlich in die Kirche eingezogen waren, schienen ebenso auf die Violine zu warten wie Kaspar oben im Turm es tat. Sie blieben einen Augenblick stehen, suchten dann verlegen ihre Plätze auf den Kirchenbänken. Kaspar musste an die durchdringend blauen Augen der Dohlen denken, deren Federn er jetzt ohne Hoffnung auf den Rücken schnallte. Im blauen Blick der Dohlen lagen Horizonte, die so viel weiter reichten als seiner. Und ein unendlicher Spott.

Wollten die Leute, dass er fliegen konnte? Oder wollten sie ihn stürzen sehen? Wollten sie die Kartoffel? Wollten sie Hunger und Blutbann?

Das Unsichtbare zu berechnen und zu beweisen – darum war es in seinem ganzen Leben gegangen, das nun gleich zu Ende sein würde. Lohnte es sich, für einen Beweis zu sterben? An einem Fronleichnamstag zu sterben, der so glänzte und funkelte wie noch keiner, den Kaspar erlebt hatte, voll Licht und einem Himmel, der nicht aufhörte? Was hielt diesen Himmel an der Erde fest und was hielt die Erde an diesem Himmel? Die freundlichen Felder, die friedlichen Ulmen und Eschen? Die Häuser, die geduldig warteten, dass die Menschen zurückkehrten, und die Ställe, die abends auf das sonnenwarme Vieh warteten?

Woran wird Kaspar gedacht haben in diesem Augenblick? Hatte er nicht gehört, am Ende des Lebens zöge alles noch einmal an einem vorbei wie ein rasender Bilderbogen und darauf wartete er jetzt? Statt dieser glücklichen Bilder kamen ihm die Diskussionen in den Sinn, die er mit Abt Mangold geführt hatte.

»Warum traust du deinen Augen so wenig, Kaspar? Du sagst, alles ist aus demselben Stoff gemacht und deshalb folgt alles demselben Gesetz. Sieht der Mond so aus wie der Apfel in meiner Hand? Fällt der Mond vom Himmel wie der Apfel, wenn ich ihn loslasse? Jeder kann doch sehen, dass der Mond nicht fällt. Jeder sieht, wie ruhig und gelassen er nachts seine Bahn zieht.

Keine Spur von Fall. Nur du und vielleicht Galileo und Bruno, nur ihr drei seht, dass der Mond genau so fällt wie dieser Apfel hier?«

Der Abt Mangold öffnete die Hand, und der Apfel zerplatzte auf dem Steinboden der Werkstatt.

»Und woran spürt ihr den Mondfall? Stellt ihr euch hinter den Bergen im Westen auf, streckt die Hände aus und wartet, bis er euch hineinfällt?«

Kaspar schüttelte den Kopf. Er hasste die Art seines Abtes, über die Fragen der Schwere und des Falls in dieser unernsten Art zu reden, die den, von dem Antwort verlangt wurde, dennoch immer haarscharf am Scheiterhaufen vorbei führte. Oder hinauf auf den Scheiterhaufen, auch das kam vor.

»Ihr könntet es auch selber beim Galileo nachlesen, Abt, habt das wohl schon getan. Er schreibt etwas Anderes. Er schreibt, dass die Philosophie in dem riesigen Buch geschrieben steht, das keiner je zu Ende lesen wird und das wir Universum nennen. Es liegt offen aufgeschlagen vor unseren Augen. Aber man kann das Buch nicht lesen, wenn man nicht zuvor die Sprache gelernt hat, in der es geschrieben ist. Es ist in der Sprache der Mathematik geschrieben. Deren Buchstaben sind Kreise, Dreiecke und andere geometrische Figuren. Und Zahlen natürlich, Zahlen. Nirgendwo in der Natur seht Ihr einen reinen Kreis, nirgendwo ein reines rechtwinkliges Dreieck, in dem die Summe der Kathetenflächen genau der Fläche des Hypotenusenquadrates entspricht.

Und dennoch rechnet Ihr mit gerade diesen reinen Gegenständen. Ihr habt sie noch nie gesehen, Ihr werdet sie auch nie sehen, weil reine Gegenstände unsichtbar sind. Aber berechnen könnt Ihr sie. Und das, was unsichtbar ist, hilft Euch das Sichtbare besser zu verstehen. Und ja – der Mond fällt. Auch wenn wir es anders zu sehen meinen.«

Els saß in der Werkstatt und folgte der Diskussion. Sie wusste, wenn Abt Mangold anfing, sich auf das zu berufen, was er die »offensichtlichen Tatsachen« oder auch gelegentlich den »gesunden Menschenverstand« nannte, dann war es mit der Festigkeit seiner Argumente nicht weit her. Els' Augen waren von jenem warmen Braun, wie man es im lackierten Holz einer Gambe findet. Die Augen waren in ihr Gesicht hineingeschnitten wie liegende Halbmonde, die Wölbung wies hinauf zu den Augenbrauen. Wenn sie, wie jetzt, jemandem angestrengt zuhörte, weil sie ihn genau zu verstehen suchte, kniff sie die Augen ein bisschen zusammen, als mustere sie etwas Fernliegendes, und dieses Zusammenkneifen zog dann eine feine, gerade Linie, die am unteren Rand ihrer Augen begann und sich fortsetzte im Rand des Himmels.

Els solle die Werkstatt verlassen, sagte Abt Mangold, was er mit dem Bruder Kaspar zu besprechen habe, sei für ein junges Mädchen langweilig. Sie könne sich im Kräutergarten nützlicher machen.

»Die Gerichtsverhandlungen der Wissenschaft sind öffentlich, lasst Els bleiben. Sie wird selber entscheiden, was sie langweilt«, bat Kaspar.

Abt Mangold zuckte mit den Schultern. Vielleicht war es ihm gleichgültig. Vielleicht wollte er Els nur keine neue Gelegenheit geben, ihm zu widersprechen.

»Wenn alles Eines ist und alles, ob oberhalb oder unterhalb des Mondes, besteht aus demselben Stoff, und dieselbe Schwere wirkt gleichmäßig auf alles ein, dann, lieber Bruder Kaspar, dann gelangt ein Sack Kartoffeln ja genauso unbeschwert zur Erde wie dein Eisenhammer oder der Klosterbruder Kaspar Mohr. Oder wie ein Dohlenflügel. Dann ist es dir gewiss ein Leichtes, uns an Fronleichnam zu beweisen, dass du fliegen kannst. Genau so gut wie eine Dohle oder ein Eisenhammer. Vielleicht bräuchtest du für deinen Beweis nicht einmal die Dohlenflügel? Vielleicht könnten die deinen Beweis sogar stören?«

»Was für eine seltsame Argumentiererei«, sagte Els jetzt leise und so, als spräche sie mit sich selber. »Ich muss mich doch gescheiter an das halten, was ich beim Pater Kaspar gelernt habe, der es vom Galileo gelernt hat. Wir sprechen, sagt der, von der Schwere, das ist wohl wahr. Aber beim Fliegen sprechen wir auch über den Widerstand der Luft, den diese hat. Und den Widerstand hat sie ja nur, weil sie Schwere besitzt, wie alles. Die Dohle, die im Flug den Widerstand der Luft spürt, denkt, im luftleeren Raum lässt es sich noch viel besser fliegen, noch leichter, noch ungehinderter. Sie weiß nicht, dass gerade dieser Widerstand, der sie zu hindern scheint, sie in Wirklichkeit trägt. Die Schwere ist das Wesen der Bewegung, sagt Pater Kaspar. Wir bewegen uns nur, weil wir schwer sind. Aber so geht es mit dem gesunden Menschenverstand oder auch dem gesunden Dohlenverstand. Der glaubt nur, was er sieht.«

Abt Mangold sah Els prüfend an. Wieder wunderte sich Kaspar, wieviel Els gelernt hatte, bei einem so schlechten Lehrer wie ihm. Und dass der Abt das Gelernte hinnahm, wenn Els es aussprach.

Noch immer klangen vom Kirchenschiff herauf die Töne der Orgel, die noch nicht wusste, ob sie jubeln oder klagen sollte. Noch immer nahm Kaspar Abschied.

Kann der Mensch, fragte er sich, indem er versucht zu fliegen mit Dohlenflügeln, sich selbst zum Grenzfall machen, so sehr von den Unreinheiten seiner konkreten, unmittelbaren Existenz absehen, dass er versteht, warum Körper fallen? Sich selbst zum Grenzfall machen, das funktionierte bisher nur im Gedankenexperiment, nur wenn man von allem absah, was einen eigentlich zum Menschen machte, der doch Hunger litt und deshalb Kartoffeln brauchte, aber sich nicht bewegen ließ, die anzubauen. Fliegen hieß, sich durch den Flug zum Grenzfall zu machen. Er würde abstürzen und sich die Knochen zerschmettern, und dabei doch nichts gegen das Fliegen beweisen, aber alles gegen das schwerfällige

Denken, das am Acker kleben blieb, die Erde nicht umpflügte.

Manche Dinge, vielleicht die wichtigsten, lassen sich nicht erfahren, sie lassen sich nur beweisen. Selbst wenn wir sie mit einer soliden Formel bewiesen haben, werden sie unserer alltäglichen Erfahrung immer noch falsch vorkommen. Weil wir keinen eingeborenen Sinn für Formeln haben, höchstens für die Formeln der Musik, für Melodie und Takt. Im Übrigen war es gerade das, was Jakob verstand, ohne dass man es ihm erklären musste. Er strich ununterbrochen über Holz oder griff Saiten, verkürzte sie, suchte reine Intervalle.

Jetzt setzte die Violine ein. Kaspar atmete aus. Er hatte vergessen, warum er sich vorgenommen hatte, vor dem Sprung tief auszuatmen. Aber er wollte sich trotzdem daran halten. Er setzte den Fuß in die Luft. Irgendwann würde man Kartoffeln anbauen. Und irgendwann würde ein Mensch fliegen können. Jedes Ding musste eine Schwere haben, nicht nur eine Zahl. Zahl und Schwere, vermutete Kaspar, klebten irgendwie zusammen, machten das Wesen von allem aus, belebt oder unbelebt. Es gab noch so viele Irgendwies, die er gerne gelöst hätte, bevor er starb. Wir müssen die Welt so beschreiben, wie wir sie nicht erfahren, hatte Galileo ihm gesagt. Er würde sie, in all ihrer Schwere, gleich zum letzten Mal erfahren.

Diejenigen, die ihn vom Kirchturm fallen sähen, würden wahrnehmen, wie ihn die Schwere in gerader

Linie zum Mittelpunkt der Erde hinunterzog. Aber Kaspar wusste, es wäre in Wirklichkeit ein weiter Bogen, den er in das Fronleichnamsblau hinein springen würde. Noch einmal würde er das Land bis ein Stück hinter dem Horizont sehen, dann wäre es vorbei. Kein Riss würde im Himmel bleiben von seinem Sprung, das Blau würde sich hinter ihm verschließen, als hätte es ihn nie gegeben. Kaspar sprang.

Der Abt Mangold ist vor dem Altar gestanden und hat immer noch die Monstranz hochhalten wollen. Dabei waren seine Arme doch so müde, das hat jeder sehen können. Zwischendurch hat er die Monstranz auf der Schulter eines Baldachinträgers abgesetzt, ein richtig feierliches Bild hat das Ganze nicht mehr abgegeben. Es ist ja auch nicht vorgesehen, dass die Monstranz so lange hochgehoben wird. Nur beim Feldersegnen, damit der Leib Christi weiß, welche Felder ihn brauchen.

Inzwischen haben nicht nur der Abt und die Els und ich auf etwas gewartet, sondern alle in der Kirche. Ich habe nicht gewusst, worauf wir warten. Jeder wird geahnt haben, es musste etwas mit dem Kaspar zu tun haben, dem Kartoffelprediger. Dem seine Kartoffeln so wichtig waren, dass er von einer Predigt zur anderen flog. Ausgerechnet heute, an Fronleichnam, kam er zu spät zur Messe. Die Els war an ihrer Orgel nicht richtig bei der Sache. In den schnellen Läufen hat sie gezögert, die lauten Stellen hat sie leise genommen, als müsste sie auf etwas hinhorchen. Mit so einer zaghaften Musik konnte man den Leuten das Herz nicht aus der Brust spielen, so dass sie es in die Wolken hinauf schmeißen wollen. Mir ist eingefallen, dass der Kaspar die Zeit mit Musik misst. Ich habe eine genaue Melodie auf der Violine spielen müssen. Derweil hat er Kugeln über schiefe Ebenen rollen lassen. Soviel Takte, wie die Kugeln gebraucht haben, bis sie unten waren, so viel Zeit war vergangen. Kaspar war sicher, dass ich die Abstände zwischen zwei Tönen präziser und gleichmäßiger treffe als jedes Uhrwerk. Gerade in diesem Augenblick hat die Els gespielt, als müsste sie die Zeit auseinanderziehen, bis sie reißt.

Dann hat es ins Warten hinein einen Schlag getan. Draußen auf dem Kirchplatz ist etwas hart aufgekommen. Die Els ist vom Schemel hoch und zur Kirchentür, wo sich die anderen schon hinausgedrängt haben. Ich bin in der Kirche geblieben. Mir hat gereicht, dass ich die riesigen Dohlenflügel auf dem Heuhaufen gesehen habe.

Was so hart aufgekommen ist, das war der Kaspar. Die Dohlenflügel waren in den letzten Wochen in seiner Werkstatt aufgespannt gewesen, das hatte ich gesehen. Ich konnte mich einfach nicht rühren, mir war, als hätte ich meine eigenen Knochen zerschmettert. Konnte nicht aus der Kirche hinaus, habe meine Geige genommen und ein altes Lied gespielt, an das ich mich von meiner Mutter her erinnert habe. Es war keiner mehr in der Kirche, die Monstranz auf dem Boden. Nur das alte Lied ist in der Kirche gewesen. Ich habe mir gewünscht, es könnte den Kaspar jetzt hinaufbegleiten in die Wolken.

Bloß dass es nicht so war, wie ich es von meinem Platz in der Kirche aus geglaubt habe. Die Els ist zum Kaspar hin, der auf dem Heuhaufen gelegen ist. Seine Füße waren verdreht und die Arme auch, die großen Flügel haben ihn zugedeckt. Die Leute haben zum Kirchturm hinaufgeschaut, wo der Kaspar abgesprungen ist, und von dort herunter zum Kirchplatz, wo er mit seinen verdrehten Gliedern gelegen ist. Jeder hat gewusst, er muss tot sein. So schrecklich hoch ist der Turm von Michelwinnaden ja nicht, es ist kein Dom. Aber hoch genug, dass man sich das Kreuz zerschmettert und es aus ist, so hoch ist er schon. Aber es war nicht aus. Kaspar hat die Augen geschlossen gehabt. Els hat die Flügel hochgehoben, mit denen Kaspar zugedeckt war, und gesehen, dass er noch atmet, und sie hat geschrien, dass sie den Himmel nehmen sollen, und den Kaspar darin einwickeln, und vier Männer müssen ihn ins Kloster zurücktragen. Man muss ihm die Beine einrenken und die Arme, und man muss Schlafmohn besorgen, damit er die Schmerzen aushält, wenn er aufwacht. Der Abt hat nur genickt, und so haben sie den bewusstlosen Kaspar zurück ins Kloster.

Inzwischen bin ich wieder in Absam. Die Lehre beim Tischler habe ich zu Ende gemacht, so hat der Vater es gewollt. Währenddem ist der Kaspar wieder gesund geworden. Laufen hat er halt nicht mehr können. Er hat schon bald wieder angefangen, von seinen Kartoffeln zu reden, und hat Zeichnungen gemacht von Holzgestellen, die er unter seine Achsel schieben könnte, und sich vielleicht damit fortbewegen. Wo er sich mit den Händen festhalten würde, wollte er eine Art Schieber anbringen, damit er seine Schrittlänge und Wege und Felder vermessen konnte. Vor dem Fliegen hat er nicht mehr so eine Angst gehabt. Immer noch der ewige Hunger und die Liebe zum Unsichtbaren, aber keine Angst mehr vor dem Fliegen, jetzt, wo er es nie mehr probieren musste. Kaspar hat sogar gesagt, beim Herunterfliegen wäre ihm ein Gedanke gekommen. Ein Gedanke, wie man den Fall besser verstehen könnte, wenn man den Flug verstanden hatte. Während seines Falls war er überzeugt, dass es ein wichtiger Gedanke war, unbedingt notwendig fürs Fliegen, noch mehr aber für das Fallen. Aber jetzt könne er ihn nicht mehr fassen, er würde weiter danach suchen. Ich habe ihn nicht verstanden.

Ich habe mit dem Geigenbauen angefangen. Die Leute brauchen nicht nur Tische und Geländer. Im Spätherbst, wenn sie die Fichtenstämme aus dem Wald ziehen und über den ersten Schnee hinunter schießen lassen ins Tal, höre ich den Fichtenstämmen zu. Diejenigen, die den schönsten Klang haben, nehme ich für die Geigen. Vielleicht will ich in dem klingenden Holz auch nur Els' genaue Schritte hören und dass sie endlich kommt. Sie hat geschrieben. Sobald sie die Gestelle fertig haben, die Kaspar unter die Achseln nehmen wird, damit er sich wieder bewegen und messen kann, kommt sie nach Absam.

»Oh, die Menschheit und all die Passagiere!«

Am Abend des 14. Oktober kam in den Nachrichten, dass sie auf Kuba Atomraketen stationiert haben. Sie sollen auf die amerikanischen Großstädte entlang der Ostküste gerichtet sein.

Noch während der Wettervorhersage – nach Auflösung örtlicher Hochnebel wurde für morgen ein ruhiger Herbsttag erwartet – hat Frits Volfs bloß gesagt:

»Dann muss der Weltfriede halt von Schussenried ausgehen. Die Zeit ist reif dafür.«

Zwei Wochen später gab der Russe bekannt, die Raketen würden von der Insel wieder abgezogen.

Damit war auch Frits Volfs' Weltfriedensprojekt überflüssig geworden.

Im Speisesaal von Schussenried hat es nach Brühe gerochen. Wir sind am Tisch gesessen und haben in die Suppenteller gepustet. Manche von uns haben sich Dreiecke Velveta-Streichkäse auf das Graubrot gelegt. Alle sind wir natürlich nicht da gewesen, sind wir ja nie. Wer angebunden ist oder seinen Elektroschock ausschläft, für den fällt das Abendessen aus. Aber sonst alles wie sonst. Bis zum Ende der Zeit, die man uns herausgezählt hat, werden wir noch jeden Abend so beieinander sitzen. Der Velvetakäse, die Buchstabensuppe, das Bakelitradio, der runde Lautsprecher ist mit beigem Sofastoff bespannt. Geredet wird nichts. Ist schwer genug, die eigenen Gedanken zum Schweigen zu bringen.

Insofern war es ungewöhnlich, dass auf die Radionachricht hin überhaupt etwas gesagt worden ist. Der Frits Volfs soll früher Ingenieur gewesen sein, ein Vermesser vielleicht. Lang kann er das nicht gemacht haben. Er sagt, dass er schon sein ganzes Leben in Schussenried ist. Er weiß gar nicht mehr, wie das andere Leben geht. Ein kleiner Mann mit einer Bassstimme, über die er selber erschrickt, so muss man sich den Frits vorstellen. Er kommt nie ins Schwitzen, höchstens dass der Mittelscheitel nicht mehr so akkurat ist, wenn es wirklich mal heiß wird. Dicke Haare wie ein Bub. Bei uns zu Hause im Lettischen, sagt er, haben wir alle so einen festen Schopf gehabt. Wenn er sich neben seine vielen Brüder gestellt hat, muss es ausgesehen haben wie ein Haferfeld. Frits kennt nur Spinnengewebe und die Technik des Weltfriedens. Das ist eine Technik, die etwas mit Auftrieb und Fliegen und mit Schrauben zu tun haben soll, mit Gasdruck und Hebeln, die umgelegt werden, was weiß denn ich. Mit der ganzen Technik ist das Fliegen am Ende hingeworden, traurig ist das. Wenn man selbst kein Vermesser ist, versteht man den Frits schlecht. Dabei gibt es auch ohne den Frits genug, was man nicht versteht. Dafür haben sie unsereins ja nach Schussenried.

Ewig und drei Tage hat der Frits von seinem Weltfriedensprojekt geredet, keiner hat mehr etwas darauf gegeben. Auch heute Abend keine Antwort.

Trotzdem, irgendetwas hat sich nach der Radiomeldung geändert gehabt. Nichts Großartiges, aber jeder hat es gespürt. Einer schreibt vorne auf der Tafel, und die Kreide quietscht. So ungefähr war das Schweigen an dem Abend. Nach der Radiomeldung ist weitergegessen oder in die Suppenteller gepustet worden. Ich habe an die Städte entlang der amerikanischen Ostküste denken müssen. Die Namen kann man sich schwer merken, groß sollen sie sein, und die Straßen taghell von dem künstlichen Licht, und bald sind sie ein Haufen Asche. Ich stelle mir vor, die anderen werden auch an so etwas gedacht haben.

»Schade«, hat der Frits einmal zu mir gesagt, »schade, dass du bloß ein Maler bist. Wo ich einen Schriftsteller brauchen würde. Einen, der über mein Projekt schreibt und über mein Leben. Nüchtern, weißt du, nichts Übertriebenes, darauf wäre es mir angekommen. ›Frits hieß ein Mann‹, so müsste es angehen. Und aufhören würde es ›Frits, Volfs Sohn, war ein tüchtiger Mann‹. Aber du bist ja kein Schreiber, bloß ein Maler. Noch dazu einer, der alles kopfüber malt.«

Die Gesche ist am Fenster gesessen, das war auch wie jeden Abend. Wie alt Gesche ist, weiß ich nicht. Sie hat kein Alter, nur diesen steinharten Rücken hat sie. Ihre Wirbelsäule verkrümmt sich. Man kann praktisch zusehen, wie es sie immer ärger zusammenfaltet. Den Kopf schafft sie schon lange nicht mehr höher als bis gerade unter die Fensterbank, ich verstehe schon, dass sie trotzdem am Fenster sitzen will. Man fragt sich ja manchmal, was einen überhaupt in Schussenried hält. Außer dem Haloperidol. Ich glaube, mich hält die Gesche. Vor Jahren hat der Mesmer Gustav einmal einen feinen Stuhl für Gesche getischlert und einen kniehohen Tisch, sonst kommt sie nicht mehr an ihr Essen hin. Der Mesmer Gustav, wer weiß, wie lange das jetzt her ist. Ich selber habe den Mesmer nicht mehr gekannt. Hier in Schussenried kann dir die Zeit verlorengehen. Aber irgendwann muss auch Gesches Rücken gerade gewesen sein.

In der Stille vom Abendessen hat die Gesche den Frits natürlich gehört gehabt. Weil sie so zusammengedrückt ist, dass sie einen nicht anschauen kann, hat sie versucht, sich in ihrem Stuhl zurückzulegen, damit sie ein bisschen auf den Frits hinschauen kann. Was er da redet.

Jeder hat es gehört. Das Bakelitradio und den Frits. Und irgendwie hat es nicht aufgehört, in einem zu arbeiten. Oft genug haben wir dem Frits zuhören müssen. Jedesmal, wenn im Radio gekommen ist, irgendwo ist wieder Krieg, sofort ist es mit seinem Weltfriedensprojekt angegangen. Und dass Schussenried, ja Schussenried! der Ort ist, wo ein Anfang gemacht werden könnte. Also das war nicht neu. Neu war, dass sie diesmal nicht Panzer und Schlachtschiffe, sondern Flugraketen gebracht haben. Mit Atombomben vorne drauf. Wir haben gar nichts gesagt. Haben nur gewollt, dass der Frits endlich damit aufhört, uns ein schlechtes Gewissen einzureden. Wir brauchen doch Ruhe, ohne das kommen wir in Schussenried nicht durch.

Im Radio haben sie anschließend ein Interview mit einem Raketenspezialisten gesendet. War schwer zu verstehen, hauptsächlich, weil Frits andauernd hineingeredet hat. Es hat sich angehört, als würden der Raketenspezialist und Frits streiten. Niemand hat das Radio abgedreht. Das Radio wird nicht abgedreht, nicht in Schussenried.

Noch etwas war anders gewesen. Lange nach dem Essen sind ein paar ins Zimmer vom Frits Volfs gegangen und haben ihn geprügelt.

Viele von uns Schussenriedern sprechen nicht. Ein paar werden es gar nicht gelernt haben, andere haben es aufgegeben. Versteht uns ja doch keiner. Außerdem gibt es welche, die glauben, sie haben eh nichts zu sagen.

Mit mir reden sie alle. Es wird sein, weil ich Maler bin. Wenn ich gefragt werde, warum auf meinen Bildern alles umgekehrt ist, der See ist oben und die Gänse fliegen von unten, wo der Himmel ist, nach oben hinauf in den See, dann sage ich, dass ich die Welt genau so male, wie das Auge sie sieht. Unsere Augenlinse schickt die Welt kopfüber in den Schädel. Ist nur eine Angewohnheit, dass wir die Welt inwendig herumdrehen. Im Grund genommen bin ich ein realistischer Maler, von der Richtung her meine ich. Mit einem wie mir kann man ungeniert reden.

Reden tut auch der Frits oft mit mir. Nicht nur über sein Weltfriedensprojekt. Manchmal prüft er, ob ich ihn richtig verstanden habe. Will haben, dass ich wiederhole, was er als Letztes gesagt hat.

Frits hat mir gesagt, wie die Sache am nächsten Tag weitergegangen ist, deswegen weiß ich es ein bisschen genauer.

Der Nackenhorst, unser Oberpfleger Nackenhorst, hat Frits in sein Büro gerufen gehabt. Frits hätte ihm sagen sollen, wie das gestern Abend mit dem Verprügeln gewesen ist, damit der Nackenhorst Maßnahmen ergreifen kann.

Dass er sich seine Maßnahmen sparen kann, hätte Frits dem Nackenhorst geantwortet, weiß eh jeder, worauf die hinauslaufen.

»Ein neuer Gedanke, für den man nicht verprügelt wird, taugt nichts. Dass sie mich verprügelt haben, beweist mir, dass sie das Weltfriedensprojekt zum ersten Mal ernst genommen haben.«

Der Weltfrieden ist dem Nackenhorst, wie allen anderen, natürlich schon zum Hals herausgewachsen.

Merkwürdig war bloß, dass er dem Frits diesmal so zugehört hat, als würde ein ganz normaler Ingenieur vor seinem Schreibtisch sitzen und ihm zum ersten Mal die Technik des Weltfriedens erklären. Wie einen Staubsauger oder einen Mähdrescher.

»Und wie soll das gehen, Volfs – der Weltfrieden?«

»Mit Zeppelinen.«

»Hör mir mit deinem ewigen Zeppelin auf. Runterfallen und explodieren, das können sie. Schaut so dein Frieden aus?«

Das Redenhalten hat der Frits überhaupt nicht gern gehabt. Ist lieber über seinem Millimeterpapier gesessen und hat herausgerechnet, wie man einen Zeppelin besser in der Luft hält. Aber zum Fliegen musst du die Leute schon überreden. Dafür hat er sich extra eine Rede vorbereitet gehabt. Seine Luftschifferpredigt. Früher hat er sie vom Zettel ablesen müssen, weil ihm die Worte immer wieder ausgekommen sind. Inzwischen kann er die Rede auswendig. Wenn du mich fragst, geht sie immer noch ziemlich nach der Schrift.

»Künftige Generationen« – der Frits fängt gerne bei den künftigen Generationen an, er sagt, den künftigen Generationen kommen die wenigsten aus – »künftige Generationen werden den Ersten Weltkrieg einmal in erster Linie dahingehend bewerten, dass wir in den vier eisernen Jahren unter dem Zwang der Verhältnisse richtig fliegen lernten. Erst durch diesen Unterricht sind wir im Jahrhundert des Fliegens angekommen gewesen.

Ab jetzt können wir den Frieden und die Zukunft in die Luft bauen. Auch unsere Gotteshäuser bauen wir in die Luft. Weil Zeppeline eigentlich nichts anderes sind als fliegende Kathedralen der Völkerverständigung. Mit Tragegas gefüllt. Schon seinerzeit, als der 127er Zeppelin von Friedrichshafen nach Tokio und zurück rund um die Welt herum gefahren ist, hat der Kapitän Eckener gesagt, der Zeppelin ist ein Botschafter der Völkerverständigung. Die Nationen finden zusammen, die Grenzen fallen weg, weil wir alle praktisch Angestellte eines weltumspannenden Luftschifffahrt-Unternehmens geworden sind.«

Genau an der Stelle wartet der Frits und schaut sein Gegenüber an. Harkt sich seinen festen Schopf aus der Stirn und schaut. Eisenfarbene Augen. So eine Farbe kriegst du, wenn du die ganze Zeit von Maschinen träumst wie der Frits.

Hier in Schussenried braucht er allerdings keinen mehr anschauen. Jeder weiß, wann der Frits seine Pausen einlegt und seinen Schopf aus der Stirn harkt. Aber egal, genau an dieser Stelle, sagt der Frits jedenfalls, kommen die Leute mit dem Einwand daher, dass der Zeppelin doch für den Krieg gebaut worden ist und nicht für den Frieden. Obwohl er zum Bombenabwerfen nicht recht getaugt hat, weil er sich lieber in den Wolken verloren hat. Haben ihre Bomben einfach auf dem nächstbesten Kartoffelacker abgeladen im Glauben, das sei Picadilly Circus. Solche Einwände kommen.

»Kannst dir gar nicht vorstellen, Jona, wie froh ich bin, wenn so was gebracht wird. Weil ich sie dann argumentativ überrumpele. Der Doktor Eckener, sage ich ihnen, das war bekanntlich der Nachfolger vom Grafen Zeppelin. Ein Genie des Luftdrucks. Ist um die Welt gefahren und über den Nordpol und wohin du nur wollen hast. Dieser Eckener hat seinerzeit geschrieben: ›*Gerade weil der Graf um die sehr bedingte Verwendungsmöglichkeit seiner Luftschiffe im Kriege wusste und weil es ihm letztlich um die Erfüllung eines uralten Menschheitstraums und nicht um die Ausbildung einer neuen Waffe ging, hat sich das Interesse des Grafen Zeppelin ja auch schon früh den Problemen der Flugzeugentwicklung zugewandt. Er war kein Soldat, sondern ein genialer Bahnbrecher der Luftfahrt. Es ist nun einmal so, dass alle Technik zum Wohle der Menschen im Frieden ebenso taugt wie zum verderbenbringenden Einsatz im Krieg! Und dennoch, – das ist das Besondere! –, ist kein Luftfahrzeug in seinem Raumanspruch und seiner Verletzlichkeit so zwingend auf den Frieden angewiesen, wie der riesenhafte gasgefüllte Zeppelin*‹.

Raumanspruch, Verletzlichkeit, dankeschön, Jona, ich weiß selber, wie geschwollen das klingt. Aber die Leute halten sich lieber an uralten Träumen fest. Wenn ich mit den anderen so reden könnte wie mit dir, Jona, einem realistischen Kopfüber-Maler, dann würde ich es kurz machen: Der Zeppelin taugt genau deshalb für den Frieden, weil er zu sonst nicht viel taugt. Jedenfalls solange man nicht die Technik anwendet, die ich erfunden habe. Es kostet wahnsinnige Mühe, ihn in die Luft zu bringen. Dauernd ist was hin. Eine Luftschiff-Flotte rund um die Welt braucht so viel Reparatur, dass die Leute höchstens noch für den Frieden Zeit haben. Für den Krieg sind sie dann einfach zu müde.«

Wer dem Frits Volfs bis daher zugehört hat, der hat jetzt wahrscheinlich eingewandt, das ist doch viel zu gefährlich mit der Gasfüllung. Der Wasserstoff explodiert schon, wenn du ihn nur scharf anschaust. Und ihr Helium, was nicht wie der Wasserstoff explodieren würde, wollen die Amis nicht herausrücken. Stimmt schon, vor einem Luftschiff, das so langsam fliegt, das so auf den Wind und gutes Wetter angewiesen ist, braucht keiner Angst haben. Aber irgendwer muss in den Dingern ja sitzen, und das ist lebensgefährlich.

»Das Argument wenn kommt, Jona, ich sag dir, dann habe ich sie im Sack. Das ist mein Ingenieursstichwort, und jetzt kann ich endlich auf das Feld hinüber, auf dem ich mich besser auskenne als mit uralten Träumen und künftigen Generationen. Ich sage ihnen: Wir leben im Jahrhundert der Luft. Der einzelne Mensch ist nicht mehr unsere Messlatte. Wir messen Nationen und wir messen sie am Luftschiff. Das Luftschiff ist die Schublehre der modernen Nation. Und es geht ja ununterbrochen weiter. Mit einem Bein stehen wir doch schon im nächsten Jahrtausend. Das nächste Jahrtausend wird das Jahrtausend der Leere sein.

Ein leeres Jahrtausend? Hör mir auf, Volfs, hat der Nackenhorst gesagt. Ein leeres Jahrtausend. Volfs, jetzt ist es aber genug.

Darauf ich: Jawohl, Herr Nackenhorst, das Jahrtausend der Leere. Nicht der einzelne Mensch, nicht die Nation, die Menschheit als Ganzes, wird daran gemessen werden, ob sie die Leere beherrscht. Schauen Sie, Herr Nackenhorst, es ist doch so: Luft ist nur ein dünner Mantel, in den unsere Erde sich wickelt. Darüber ist die Leere, das luftleere All, das universale Vakuum. Das müssen wir in den Griff kriegen.«

»Mit Zeppelinen?«

»Mit Zeppelinen, genau. Die mit Vakuum angetrieben werden, einen Kübel voll Sternenvakuum herunterholen und es im Luftschiff unterbringen, mehr ist es eigentlich nicht. Ich habe das mal ausgerechnet ….«

Frits Volfs hat Millimeterpapier herausgeholt. An einem Ledergurt schräg über seiner Brust hängt eine Filzkartentasche. Da drin trägt er Stifte und einen Packen Millimeterpapier mit sich herum. Hat dem Nackenhorst aufzeichnen wollen, wie er es meint. Aber der Nackenhorst hat ihn abgeschnitten:

»Volfs, du hältst jetzt einmal das Maul. Du bringst mich nämlich auf was. Daraus machen wir ein echtes Projekt, eines, das mal wirklich was bringt. ›Die Irren von Schussenried kümmern sich um den Weltfrieden‹, so in der Art. Wird einschlagen wie eine Bombe. Wenn die Leute erst erfahren, was für gesunde Gedanken wir euch hier einpflanzen, pilgern sie nach Schussenried wie nach Lourdes. Nägel mit Köpfen, hol den Laßwitz her. Da wird jetzt ein Plan gemacht.«

Curd Laßwitz hat ausrichten lassen, wenn man etwas von ihm will, müsste man sich schon zu ihm in sein Zimmer bemühen. Er hat seine Tagesordnung, daran hätte er sich gern gehalten. Man ist ja nicht zu seinem Vergnügen hier in Schussenried.

»Schon eigenartig, Jona, was so eine Radiomeldung über Raketen in den Leuten, in uns allen eigentlich, ausrichtet. Der verfressene Laßwitz ist doch auch nur ein Insasse wie jeder von uns. Normalerweise setzt es Haloperidol oder Elektro, wenn einer dem Nackenhorst so kommt wie der Laßwitz. Aber der Nackenhorst hat überhaupt nichts verlauten lassen und ist mit mir zum Laßwitz. Als wenn es normal wäre, dass er, der Nackenhorst, zu einem Insassen hingeht, wenn er was will von ihm. Curd Laßwitz, der Dichterfürst von Schussenried. Irgendwie hat der Nackenhorst wahrscheinlich gemeint, genau das braucht er jetzt.

Der Nackenhorst setzt sich auf das Bett vom Laßwitz und legt mit meinem Weltfriedensprojekt los, als wäre es seines. Der Nackenhorst hat eine dicke Zunge, zu groß für seinen Mund. Deswegen wälzt er sie immer aus dem Mund, sie drückt sich zwischen den Zähnen heraus, die oberen Zähne stehen schon ganz flach. Wenn er sich aufregt, hat er die Zunge die ganze Zeit draußen, das kennst du ja. Auch jetzt, wo er ganz hingerissen gewesen ist von sich selber. Ein Theater soll gemacht werden. Und sowas, sagt er, fällt in Laßwitz' Fach, irgendwas mit einem Zeppelin rund um die Welt, damit die endlich einen Frieden hat. Die Details sind ihm egal, die überlässt er dem Laßwitz und mir. Er selber fährt ins Zeppelinwerk nach Friedrichshafen und spannt den Direktor für die Sache ein. Schussenried ist schließlich der Ort, wo der Traum vom Fliegen angefangen hat. Kaspar Mohr, Gustav Mesmer, da hat man seine Geschichte, auf die kann man bauen. Und der ist man verpflichtet. So in der Art. Dem Laßwitz würde schon was einfallen, Phantasie hätte er ja ausreichend. Eine Reklame für das Zeppelinwerk wäre es auch, das nur nebenbei, und damit würde er den Direktor kriegen. Artikel in der ›*Oberschwäbischen*‹, Besucher busladungsweise, Ansprache vom Landrat. Und der absolute Höhepunkt: Uraufführung des Stücks ›Die Irren von Schussenried kümmern sich um den Weltfrieden‹.

Ich hatte die Absicht es zu betiteln: ›Es kann nicht verrückt sein, sich um den Weltfrieden zu kümmern‹, hat der Laßwitz gesagt, aber ich habe gemerkt, der eingebildete Mensch hat fest angebissen. Wie lange versuche ich, den Leuten hier wenigstens die Grundbegriffe der Technik des Weltfriedens zu vermitteln. Hört einfach keiner zu. Und auf einmal führen die zwei sich auf, als hätten sie persönlich das Projekt erfunden. Schwindlig geredet haben sie einen.«

Bevor sie ihn zu uns nach Schussenried haben, ist der Laßwitz bei einer Schädlingsbekämpfungsfirma angestellt gewesen. War eigentlich Deutschlehrer. In der Firma haben sie ihm die Gebrauchsanweisungen zum Schreiben gegeben. Auf die Art ist er zum Schreiben gekommen. Der Laßwitz ist süchtig nach Katastrophen. Das hat man bei Gebrauchsanweisungen weniger gut brauchen können. Außerdem hat man die Schädlingsbekämpfungsmittel dann auch anderweitig eingesetzt, dafür hat es keine Gebrauchsanweisung gebraucht. Da ist der Laßwitz entlassen worden.

In Schussenried hat sich herausgestellt, er ist in Wirklichkeit Dichter. Den Kopf danach hat er jedenfalls, also vom Äußeren her. Das Gesicht wie ein Steinbruch, gerade dass die nackte Haut zum Darüberspannen reicht, den Unterkiefer nach rechts vorne geschoben, einen Kinnriemenbart, der die Oberlippe und die ganze Mundgegend freigibt. Unwillkürlich hat man an Abraham Lincoln denken müssen. Ist immer nur in einem braunen Anzug herumgelaufen, dunkles Hemd und Fliege. Wenn sich beim Abendessen jemand bedankt hat, dass Laßwitz sich extra für das Abendessen mit uns so fein angezogen hat, hat der Laßwitz den Unterkiefer noch ein Stück weiter nach rechts. Oh, das möchte man bitte nicht persönlich nehmen. Er wollte lediglich darauf vorbereitet sein, jederzeit seinem Schöpfer vor das Angesicht treten zu müssen. Das geht schlecht im Frotteebademantel. Deswegen. Dann hat er den Tischnachbarn eindringlich befragt, ob der sein Kraut wirklich nicht aufisst, wäre doch jammerschade drum, oder das Apfelmus. Und die Bratensoße könnte er mit einem Stück Brot aufwischen.

Gegessen hat er, als müsste er wirklich im nächsten Augenblick vor seinen Schöpfer. Am liebsten, sagt er, hat er Buchteln, Buchteln mit Brombeerkompott, obwohl Brombeeren nie dabei waren. Buchteln muss man, sagt er, am 29. August essen, am Fest Johannis Enthauptung. Als Kinder haben sie die immer an diesem Augusttag bekommen, bis heute ist es einer seiner liebsten Tage.

Ich habe mir vorgestellt, sein unbändiger Appetit und seine Katastrophensucht, das muss zusammengehören. Er behauptet, Geschichte funktioniert überhaupt nur, weil es Katastrophen gibt. Allerdings würden die Katastrophen zum Geschichtsantrieb eine ganz bestimmte Größe brauchen. Zu klein dürfen sie mal nicht sein. Zu groß auch wieder nicht, das macht mutlos. Genau die Mitte zwischen groß und klein. Etwas Unfassbares muss drin stecken. Aber auch das Versprechen, dass es immer ein paar gibt, die die Katastrophe überleben werden.

Inzwischen ist der Oberpfleger Nackenhorst in seiner eigenen Begeisterung nur so dahingeschwommen. Hat die Zunge rausgewälzt, sich auf Laßwitz' Bett zurückfallen lassen, die Hände unter den Kopf und auf die Zimmerdecke hingelächelt wie ein Verliebter.

»Und die Gesche, die Gesche musst du unbedingt auftreten lassen in unserem Stück, Laßwitz!« hat er ständig wiederholt. »Wenn die Gesche mit ihrem zusammengefalteten Kreuz fliegt, du musst unbedingt schreiben, dass sie fliegen kann, also die Gesche wenn fliegt, dann glauben die Leute, dass alles möglich ist. Alles. Was für eine Freude die Gesche haben wird, dass sie einmal einen Abend lang ihr Kreuz nicht selber vom Boden hochstemmen muss. Wir machen das in der Bibliothek, da ist Platz genug für einen Zeppelin, da kann der zwei Stockwerke groß sein. Und das Ende, Laßwitz, für das Ende schreibst du auf, dass der Zeppelin aus der Bibliothek schwebt, und alle ziehen hinter ihm her und schauen hinauf, und oben in dem riesigen, stillen Ding sitzt die krumme Gesche und schaut zu uns herunter, als wenn sie auseinandergefaltet ist. Und dann lässt du den Zeppelin über den Innenhof schweben und über die Klostermauer und von mir aus in den Weltfrieden. Mein Gott.«

Der Laßwitz wollte ein paar Tage Zeit, damit er die dramatische Tragekonstruktion, wie er sagt, austüftelt. Er denkt inzwischen an so eine Art Passionsspiel. Und der Frits hat gesagt, er braucht mehr Knochenleim für die Auskleidung des inneren Gerippes. Da kommt das Vakuum hinein. Weil seine Technik ja die Leere benutzt. Was natürlich keiner versteht. Der Nackenhorst ist vom Bett hoch. Er fährt jetzt nach Friedrichshafen und kommt nicht wieder ohne eine Zusage vom Zeppelin-Direktor, dass die sein Projekt unterstützen.

So jedenfalls hat der Frits es mir erzählt. Im Großen und Ganzen wird es schon so gewesen sein. Auch wenn man etwas wegtun muss, weil Frits den Laßwitz nicht hat ausstehen können.

So ist nach langer Zeit in Schussenried wieder vom Fliegen die Rede gewesen. Frits Volfs ist herumgegangen und wollte uns einreden, dass es nicht fliegen, sondern »fahren« heißt. Ein Luftschiff ist kein Vogel. Es fliegt nicht, es fährt. Die Leute haben gesagt, ist ja recht, Frits, und haben gelächelt über ihn und erzählt, was sie heute Nacht schon wieder geträumt haben, wo sie doch selten träumen, und wenn, erinnern sie sich nicht daran. In ihrem Traum sitzen sie in einer riesigen Seifenblase, mit einer schillernden Haut, so dünn, dass sie sich nicht getraut haben, Luft zu holen, damit es keine Dellen gibt. In der Blase sind sie über die Alb und hinunter zum Bodensee geflogen, ganz still ist es gewesen, so still, dass sie die Stimmen ihrer Familie haben hören können, als es über Eggatsweiler gegangen ist. Merkwürdig, weil von der Familie lebt seit dem Krieg keiner mehr. Im Traum kann einem das passieren.

Ein paar Tage später ist ein grauer Lastwagen in den Klosterhof gefahren. Auf den Seitenwänden stand »Luftschiffbau Zeppelin GmbH«. Der Nackenhorst hat den Arbeitern den Weg zum Bibliothekssaal gezeigt, und die haben gleich angefangen, dort einen ungeheuren

Zeppelin zusammenzubauen. Sie haben Pumpen dabei gehabt mit denen sie Luft hineingeblasen haben, auch ein paar Gasflaschen mit Helium, viel Helium war das nicht. Aber der Zeppelin hat ja auch nicht fliegen sollen, sondern nur schweben in der Bibliothek, wo das Stück von Curd Laßwitz aufgeführt werden sollte. Mit einem Fauchen ist die Luft und das bisschen Helium hineingeblasen worden. Jeder hat geglaubt, das Ding würde den Bibliothekssaal gleich ausfüllen und die silberne Haut würde sich zu den Fenstern hinausdrücken und weiter und immer weiter, bis sich das ganze Kloster in die Luft heben würde, und dahinfliegen. So, als gäbe es nur diesen Auftrag, und als sei dieser Zeppelin nur gebaut worden, um mit dem Kloster Schussenried über Schussenried zu fliegen.

Später ist viel darüber gestritten worden, wie es zur Katastrophe kommen konnte, letztlich, ohne dass sich die Angelegenheit aufklären ließ. Ja, nicht einmal darauf konnte man sich einigen, worin genau die Katastrophe denn nun eigentlich bestanden haben sollte. Jedenfalls glaubten einige, Curd Laßwitz habe für den verheerenden Ausgang gesorgt. Der Mann sammelte Katastrophen, hatte nie einen Hehl daraus gemacht, dass er eine Katastrophe als Motor des menschlichen Fortschritts auf die Bühne bringen wollte. Andere gaben dem Bühnenbildner Jona Pittui die Schuld, weil der mit seinem schweren Stiefel ausgerutscht war. Auch Nackenhorsts

Rolle hatte etwas Zweideutiges. Er war es schließlich gewesen, der verlangt hatte, die Schussenrieder Fahrt des Zeppelin müsse im Bibliothekssaal losgehen. Von hier aus hinaus in den Klosterhof und über die Klostermauer des Gustav Mesmer. Wie hätte er denn den riesigen Zeppelin, er füllte den gesamten zweistöckigen Bibliothekssaal bis hinauf zum Deckenfresko aus, ohne Bruch und Katastrophe aus der Bibliothek ins Freie hinauszwingen wollen? Die Mauern aufbrechen? Das Dach wegreißen? Man sollte doch wohl annehmen, dass Nackenhorst, anders als die anderen Mitwirkenden bei diesem Projekt, seine Sinne beieinander hatte. Dass er also wissen musste, wozu es führt, wenn man den Zeppelin unbedingt fliegen sehen will.

Auch bei Frits Volfs wurden Fehler gesucht, in seinen unreifen Träumen von der Leere und von Spinnweben, die in Knochenleim getränkt waren.

Gefragt wurde: Wie hatte dies wichtige Projekt überhaupt in die Hände von Anstaltsinsassen geraten können? Aber solche Fragen stellt man hinterher leicht.

Noch wäre ja Zeit gewesen, die Katastrophe zu verhindern. Noch saß Laßwitz jeden Morgen ab fünf an dem Schreibtisch, den Nackenhorst in sein Zimmer hatte schaffen lassen, und beschrieb Seite um Seite mit wechselnden, einander widersprechenden Entwürfen für sein historisches Zeppelindrama. Nur um die vollgeschriebenen Seiten bis zum Mittagessen wieder zu zerreißen. Nackenhorst, der dem Curd Buchteln brachte, sogar Brombeerkompott, und ständig in das Zimmer des Dichterfürsten rannte, um den Fortgang seines Projekts zu kontrollieren, geriet außer sich.

Curd Laßwitz sagte nur, er kriege die Begeisterung einfach nicht hin, mit der die Menschen ihren Weg in die Katastrophe suchten, das geriete ihm alles zu kraftlos. Dabei wurde Doktor Dürr, der Prokurist der Zeppelin GmbH, jeden Tag erwartet. Natürlich wollte der Doktor Dürr sich überzeugen, dass Geld und Ruf seiner berühmten Firma in der Schussenrieder Anstalt in guten Händen lagen.

Während die Radiomeldungen über die Kubakrise an Dringlichkeit zunahmen, wanderten die Schussenrieder Insassen durch die letzten Tage des Oktober wie in einem linden Rausch. Man war friedfertig gestimmt. Hörte jedem zu, der sagte, wie leicht der Zeppelin sich im Wind bewegt, wenn man eines der Südfenster auch nur einen Spalt öffnet, lächelte über die Träume der anderen, die so sehr den eigenen glichen. Für die Insassen hatte der Zeppelin alles verändert, alles. Der machtvolle Wal, der da ungerührt und stumm den Bibliothekssaal ausfüllte, das war einer von ihnen. Zugleich war er alles, was sie nicht waren und so gerne gewesen wären – frei, endlos, geheimnisvoll, friedlich, gewalttätig. Ein schwereloser Gigant aus den Tiefen des Universums, er war zu ihnen gekommen. Jetzt bewegte er sich unmerklich, eine Handbreit über dem kalten Marmorboden des Bibliothekssaales, und ein bisschen mehr, wenn man eines der Südfenster öffnete. Die kostengünstige Gasfüllung aus Luft und Helium reichte gerade aus, um ihm seine Form zu geben. Dicke Stricke hielten ihn in der Schwebe. Angebunden zu sein – sie wussten, wie sich das anfühlte. Er sah doch so aus, als könne er sich jeden Augenblick von seinen Stricken losmachen und für immer weg sein, gerade so, als hielte er hier nur eine Zeit still, der Insassen wegen.

Curd Laßwitz hatte beim Abendessen mitgeteilt, in seinem historischen Zeppelindrama würde ihnen allen eine Rolle zugeteilt. Ein paar dramaturgische Kanten müsse er noch abschleifen, insbesondere hinten zum Schlussakt hin. Dann bekämen sie ihren Text und die eigentlichen Proben könnten beginnen. Ein paar Chöre seien fertig, an denen sollten sie in der Zwischenzeit arbeiten. Die Chöre waren keine Hervorbringung von Laßwitz. Es waren Lieder, die die Kinder in der heroischen Zeit des Zeppelins vor und während des Ersten Weltkriegs sangen. Nackenhorst hatte sie von der Sekretärin abtippen lassen:

> Flieg, Zeppelin flieg!
> Dein Vater ist im Krieg.
> Fliege flott nach Engelland,
> Engelland ist abgebrannt.
> Flieg, Zeppelin, flieg!

Die Insassen nahmen die Lieder entgegen, falteten sie sorgfältig, steckten sie in die Hosentaschen, vergaßen sie dort augenblicklich, und drängten dann zurück in den Bibliothekssaal. Sie wollten den Zeppelin sehen, sein stummes Schweben beobachten. Ihn berühren, betasten wie altes, hauchdünnes Porzellan oder wie ein scheues Tier. Manche stiegen in die riesigen Bücherregale aus goldbemaltem Holz. Dort saßen sie dann, vergaßen Essen, Trinken und die Geister, die sie sonst quälten, schauten stundenlang nur den Zeppelin an, verwundert über so viel zarte Schönheit. Die Pfleger mussten sie zwingen, ins Bett zu gehen. Aber man war sparsam mit Haloperidol und Elektroschock, als könnte man etwas zerstören.

Dabei war das Exemplar, das die Firma Zeppelin Schussenried zur Verfügung gestellt hatte, im Grunde nur ein Reklamestück. Konnte gar nicht richtig schweben. Luft und Helium reichten gerade aus, um ihm seine Prallheit zu geben. Wenn die Stricke ihn nicht gehalten hätten, wäre er auf den Marmorrauten des Saalbodens gestrandet. Für gewöhnlich hing er in der Eingangshalle des Zeppelinwerkes in Friedrichshafen. Man konnte ein paar technische Konzepte daran erläutern. Ansonsten war es seine Aufgabe, mögliche Kunden zu beeindrucken. Direktor Dürr, der tatsächlich nach einigen Tagen erschien, nannte ihn ›unseren Lohengrin der Lüfte‹. Die Insassen hielten das für albern. Der Prokurist Doktor Dürr blickte sich unruhig um. Fragte, wo die Geschlossene Abteilung sei und ob er davon ausgehen könne, dass die im Wortsinne fest geschlossen sei.

Brachte die Hoffnung zum Ausdruck, man habe doch wohl nicht daran gedacht, Patienten aus der Geschlossenen bei der Aufführung einzusetzen. Einige Rollen dicken Stricks, mit denen man sonst Zeppeline anband, hatte er als Spende für die Anstalt mitgebracht, der Chauffeur trug sie hinter ihm her. Man mochte in Schussenried dafür Verwendung haben.

Dann ließ er sich von Nackenhorst über den Fortschritt seines Projekts berichten. Sie seien fertig praktisch, sagte Nackenhorst. Ein paar dramaturgische Kanten müssten noch abgeschliffen werden, insbesondere zum Schlussakt hin. Nichts Ungewöhnliches, jede große Idee habe hinten anfänglich Kanten. Aber wem sage er das. Die Mitspieler machten sich schon mit Teilen des Stücks vertraut, den Chören vor allem. Chöre seien ein wichtiges Element. Wegen des Gemeinschaftsgefühls, deswegen. Fest stünde, dass der Zeppelin zu Beginn im Bibliothekssaal schweben würde. Das müsse so sein. Denn genau dort habe alles angefangen. Kaspar Mohr würde von oben zuschauen und der Gustav Mesmer sei auch noch anwesend, irgendwie jedenfalls. Nun, die Mohr'schen Träume waren heute ausgeträumt. Schussenried öffne das Fenster zur Zukunft. Deswegen musste der Zeppelin den Bibliothekssaal auch verlassen und über den Klostergarten hinfahren, getrieben von der Begeisterung der Insassen, die würden die Kulisse abgeben. Und schließlich hatte er vor, den Triumph oberschwäbischen Erfindergeistes über die unerbittliche Schwerkraft, vom

Klosterhof aus über die Mauer in die Nacht davonfahren zu lassen. Die vielen Streitereien mit Curd Laßwitz hatten Nackenhorsts Redeweise deutlich gehoben.

In dem Zeppelin werde – an gewissen Einzelheiten arbeiteten sie noch – eine einzige Insassin sitzen: Frau Gesche Lobensommer. Nackenhorst zeigte auf Gesche, die man samt ihrem Mesmerstuhl im Bibliothekssaal abgestellt hatte. Sie hatten den Stuhl so nah an den Zeppelin geschoben, dass Gesche den Bauch des Zeppelin berühren konnte. Mit ungeheurer Anstrengung hatte sie ihre Wange an die silbrige Haut gelegt. Als müsse sie das gewaltige Tier beruhigen, damit es nicht davonschwebte. Der Ingenieur Volfs und der Bühnenbildner Jona Pittui saßen neben ihr.

Doktor Dürr nickte den dreien zu. Der Anblick der verkrümmten Gesche störte den empfindsamen Mann.

Frits Volfs sagte später, wie erleichtert er gewesen sei, dass der Doktor Dürr ihn nicht angesprochen habe. Der hätte bestimmt nur versucht, ihm das Geheimnis herauszuziehen, wie man mit Leere den Zeppelin zum Schweben bringt. Die Zeppelin GmbH hätte daraus Profit schlagen können. Während er, der hier in Schussenried kein Patent anmelden könne, vergessen würde und leer ausginge.

Der Doktor Dürr schaute in den Freskohimmel. An den freien Enden der Stricke, die seinen Zeppelin hielten, hingen Insassen. Sie hatten die Augen zugekniffen, hielten sich, wie es aussah, ohne jede Anstrengung fest, und schaukelten ganz sacht hin und her. Doktor Dürr fürchtete, sie könnten seinen Zeppelin schädigen.

Der Dichter Curd Laßwitz redete auf den Doktor Dürr ein. Was sollte dem Zeppelin denn schaden können? War nicht die Katastrophe von Echterdingen – als 1908 ein Gewitter den Zeppelin LZ 4 vollständig zerstörte, – zum Glücksfall für die Luftschifffahrt geworden, weil von hier die große Zeppelinspende des deutschen Volkes ihren Anfang nahm, und sechs Millionen Goldmark dem Grafen Zeppelin festen Boden unter den Füßen verschafften? Laßwitz war der Ansicht, die wirkliche Leistung des Zeppelin habe darin bestanden, den Deutschen ein stolzes Nationalgefühl zu geben. Und gerade dazu hatte es einer solchen Katastrophe bedurft. Daran wolle er mit seinem Drama anknüpfen.

»Ein Drama?« fragte Doktor Dürr und zog besorgt die Augenbrauen hoch.

»Kommen Sie, Herr Doktor,« sagte Nackenhorst schnell und zog den Prokuristen aus dem Bibliothekssaal. Der sah sich um. Die Insassen, die mit geschlossenen Augen an den Stricken schaukelten, beunruhigten ihn immer mehr.

»Ich habe«, sagte Nackenhorst, »einen kleinen Imbiss vorbereiten lassen. Dinkelbrot mit Schnittlauch, alles aus eigener Schussenrieder Produktion.« Doktor Dürr musste leider ablehnen. Eine japanische Delegation warte im Werk auf ihn, Zeppeline sollten jetzt in

Japan gebaut werden. Japan, tatsächlich, sagte Nackenhorst, hochinteressant. Die Zukunft liegt im Osten. Bringen sie die Herrschaften doch zur Aufführung mit.

Natürlich hat der Nackenhorst nur gewollt, dass der Doktor Dürr nichts mitbekommt von unserem Streit. So hart wie wir gestritten haben, zur Aufführung kommt das nie, habe ich geglaubt. Dabei hätte morgen Generalprobe sein sollen und den Tag darauf Uraufführung. Der Nackenhorst hat hellblaue Zettel ausgeteilt. Zeppeline mussten darauf gemalt werden, daneben eine Nummer. Das waren die Eintrittskarten, die entsprechenden Nummern sollten auf die Stühle vom Speisesaal geklebt werden, mit denen die Bibliothek bestuhlt würde. Auf die Sitzflächen der ersten beiden Reihen sollten Schilder »Reserviert – Herr Landrat und Gemahlin« und »Reserviert – Doktor Dürr und Gäste« gelegt werden. Organisieren hat er können, der Nackenhorst.

Gestritten haben wir um das Bühnenbild, das ich hätte malen sollen. Curd Laßwitz wollte, dass ich so realistisch male, wie ich es gelernt habe – kopfüber also.

»Wenn oben auf deinen Bildern die Städte brennen«, hat Curd Laßwitz gesagt, »und die Zeppeline unten schweben, und du malst noch ein paar Menschen dazu, die die Bomben oben im Himmelsbrand entgegennehmen, als würden die Bomben hinaufsteigen zu ihnen wie in einem Gebet, statt auf sie herunterzufallen, wenn die Zuschauer nicht wissen, ob das da oben die Morgenröte darstellen soll oder das brennende Picadilly, wenn sie den ganzen Abend nicht drauf kommen – dann, Jona, hast du es gut gemacht mit dem Bühnenbild.«

»Herrgott!« hat der Nackenhorst gestöhnt, »der Himmel unten und die Hölle oben, sind wir denn im Irrenhaus? Der Jona malt richtig herum. Aus.«

Dabei, wenn ich ehrlich bin, wäre es mir in dem Fall gar nicht darauf angekommen. Ich würde die Brände auch anders malen, als die Augenlinse sie in unseren Schädel schickt. Sollten die Zuschauer sie inwendig umdrehen oder nicht. Wichtig war mir nur, dass ich über das Gerüst, an dem das Bühnenbild befestigt werden sollte, bis zum Kaspar Mohr hinauf kam. Ich glaube, habe ich der Gesche gesagt, ich glaube, der Traum vom Fliegen, in dem das ganze Schussenried die jetzigen Tage wieder herumwandert, also das vom Fliegen, ist nur so lange ein Traum, wie man nicht fliegen kann. Wenn sie es mal können, das Fliegen, ist es kein Traum mehr, sondern nur noch ein Dreck. Ich will deswegen dem Kaspar Mohr da oben die Tragegurte von seinen Flügeln übermalen. Die Steigbügel lasse ich ihm, aber die Tragegurte übermale ich mit dem Weiß von seinem Mönchsgewand. Es muss wieder aussehen, als kann er ganz bestimmt nicht fliegen. Ich glaube, der hat nie vom Fliegen geträumt, er hätte es gar nicht können wollen.

Das Bühnenbild ist die eine Sache gewesen, um die gestritten worden ist. Das andere waren die Gesche und die Leere.

Dem Frits Volfs ist es ja auf seine Technik des Weltfriedens angekommen, nur das hat ihn an dem Ganzen interessiert. Wenn man diese Technik nicht vorführen konnte, dann wäre alles lediglich Laientheater im Irrenhaus. Der Zeppelin konnte schließlich nur am Himmel etwas für den Weltfrieden ausrichten.

»Dann werden in Gottes Namen halt noch ein paar zusätzliche Flaschen Helium gekauft und in das Ding gefüllt. Kann doch nicht so schwer sein, den Zeppelin zum Fliegen zu bringen.«

»Ich erkläre Ihnen das gerne noch einmal, Herr Nackenhorst«, hat der Frits Volfs gesagt. Eine Ruhe hat der gehabt. Das haben sie ja die Ingenieure. Müssen sie auch.

»Also: Wir können die Hülle mit Helium füllen. Das ist nicht brennbar, immerhin. Aber sündteuer und die Amerikaner werden es nicht herausrücken. Wir können es wie früher mit Wasserstoff füllen. Man hat erlebt, wie schnell Wasserstoff explodiert. Warum benutzen wir Wasserstoff? Welche der Wasserstoffeigenschaften suchen wir für unsere Luftschiffe? Nun, das wissen Sie, Herr Nackenhorst – wir suchen seine Leichtigkeit. Wasserstoff ist das leichteste Element, das wir kennen, viel leichter als Luft. Deswegen hält Wasserstoff den Zeppelin oben. Und jetzt, Herr Nackenhorst – was ist noch leichter als Wasserstoff?«

Der Nackenhorst hat nichts gesagt. Ist rot angelaufen vor Zorn. Sich von einem Insassen prüfen zu lassen, soweit würde er es bestimmt nicht kommen lassen.

»Richtig, Herr Nackenhorst! Leichter als, sagen wir, ein Kilo Wasserstoff ist nur – ein halbes Kilo Wasserstoff. Noch leichter sind hundert Gramm Wasserstoff. Je weniger Wasserstoffmoleküle in der Zeppelinhülle eingeschlossen sind, desto leichter wird der Zeppelin, desto höher steigt er und hält sich oben. Am leichtesten ist er, wenn überhaupt gar kein Wasserstoffmolekül mehr drin ist. Und auch kein anderes Molekül, wo wir schon davon sprechen. Kein Stickstoff, kein Sauerstoff, nichts. Am leichtesten ist die Leere. Technisch gesprochen: Das Vakuum.«

Curd Laßwitz, der dabei gesessen ist, hat nichts gesagt. Nur gescheit gelächelt und in dem großen Notizblock herumgekritzelt, in dem er die Chöre aufschreibt.

»Sie werden möglicherweise einwenden, Herr Nackenhorst, dass Francesco Lana Terzi so etwas Ähnliches schon entworfen hat, im Übrigen ziemlich genau um die Zeit unseres Kaspar Mohr hier.«

Dabei hat der Frits Volfs zum Fresko über unseren Köpfen gezeigt, wo der Kaspar Mohr noch immer seine Traggurte umgeschnallt gehabt hat.

»Nun, die leergepumpten Kupferkugeln des Herrn Terzi, die seinem Schiff Auftrieb geben sollten, sind natürlich kein Einwand. Im Gegenteil – sie sind eine prachtvolle Bestätigung meiner Erfindung. Eine Bestätigung, die noch dazu von einem Kirchenmann kommt, einem Jesuiten. Sowas gilt viel bei uns im Kloster Schussenried, nicht wahr.

Wissen Sie, Herr Nackenhorst, jede Idee hat ihre Zeit, und jede Zeit hat ihre Idee, und unsere Zeit hat das Vakuum. Was haben wir seit Lana Terzi dazugelernt? Zwei Dinge. Wir haben gelernt, Pumpen zu bauen, mit dem wir alles leerpumpen können. Und – womit dann endlich ich ins Spiel komme – wir haben heutzutage ungleich solidere Werkstoffe als das dünne Kupferblech Terzis. Ein bisschen Luft aus der Hülle herausgepumpt, und schon biegt sich das Kupferblech nach innen. Ein ordentliches Vakuum, und der äußere Luftdruck quetscht die Kupferkugeln zu Klümpchen zusammen. Ich habe nun in jahrelangen Versuchen herausgefunden, bin ja lange genug in Schussenried und hatte genügend Zeit nachzudenken, dass ein Geflecht von Spinnweben, in Knochenleim getränkt und gründlich ausgehärtet, jedes Vakuum aushält. Das ist jedenfalls das Prinzip. Dazu kommen natürlich noch ein paar technische Feinheiten, aber die lassen sich einem Laien schwer erklären. Und ich möchte auch nicht, dass sie in falsche Hände kommen. Deswegen jetzt kein Wort davon. Ich habe die Nase des Zeppelin schon mit meiner Erfindung ausgekleidet. Hier, Herr Nackenhorst, fassen Sie seine Nase einmal an, und vergleichen Sie die mit seinen anderen Körperteilen.«

Wirklich hat der Nackenhorst an die Nase des Zeppelin gelangt, den Kopf geschüttelt, gedrückt, gezupft, am Ende hat er draufgeklopft. Ein heller, schmerzhafter Ton ist herausgekommen. Man hat nicht gewusst, woher der kommt, vielleicht von hinter dem Mond oder noch weiter. Ich habe selber auf die Nase geklopft. Hat sich wirklich anders angefühlt als der weiche Bauch des Zeppelin. Wenn man an den geklopft hat, ist es gewesen, als schwappt etwas im Inneren herum, ein Ton ist dabei nicht gekommen.

»Wir werden die Uraufführung verschieben müssen, Herr Nackenhorst. Ich muss das Innere noch vollständig mit meiner Erfindung auskleiden und die muss dann zuverlässig aushärten. Drei, vier Tage vielleicht, eine Woche höchstens. Und die Vakuumpumpen müssen auch noch bestellt werden.

Nur über ein Problem bin ich mir noch nicht recht klar – das ist unsere gute Gesche hier. Sie soll ja mit dem Zeppelin über unsere Köpfe fahren.«

Wir haben alle zur Gesche hingeschaut, die noch immer die Wange an den Bauch vom Zeppelin hingedrückt hat. Gesagt hat sie nichts, die Gesche redet nicht. Das Kreuz drückt ihr den Kopf so tief in die Brust, man würde eh nicht verstehen, was sie sagen will. Wenn man die Gesche lang genug kennt und ein bisschen achtet, dann merkt man, die Gesche redet mit den Knien. Sie drückt sie gegeneinander, wenn sie sagen will, man hat recht, und dass sie es genauso sieht. Sie reibt sie gegeneinander, wenn sie meint, du hast unrecht. Gesche hat noch viele andere Kniewörter, unscheinbare Bewegungen. Wenn man es einmal gelernt hat, versteht man sie gut. Ich weiß nicht, ob die Gesche sich ihre Kniesprache ausgedacht hat, oder ob die einfach so gekommen ist. Ich weiß auch nicht, ob sie lächelt oder ernst schaut, wenn sie auf ihre Art mit einem redet. Man kann ja immer nur auf ihren hinuntergedrückten Hinterkopf sehen, das lange Haar, das früher einmal schwarz gewesen sein wird und sich über den Nackenwirbeln geteilt hat. Und die Schulterblätter, die ihr vom Rücken weggestanden sind wie abgebrochene Flügel.

»Wenn wir unsere Gesche im Zeppelin fliegen lassen wollen«, hat Curd Laßwitz jetzt gesagt, »dann machen wir das, weil wir ein Symbol für den Sieg über die Schwerkraft brauchen. Sobald sie fliegt und solange sie fliegt, hat sie diesen Kampf gewonnen, den sie mit ihrem armen Rücken hier unten schon lange verloren hat. Ausnahmsweise gebe ich Frits Volfs recht. Die Gesche muss fliegen.«

Ich habe genau hingeschaut, aber Gesche hat ihre Knie nicht bewegt. Wahrscheinlich hört sie auch mit den Knien zu.

»Das Problem ist: Wenn ich die Gesche in den Zeppelin hineinsetze«, Frits hat dem Walfisch auf den Bauch geklopft, »dann sieht man sie nicht. Dann muss man sich das Symbol sozusagen nur denken. Das ist schwach. Ich denke, wir werden nur ihren Kopf in den Zeppelin stecken und ihren Körper unten beim Bauch des Zeppelin heraushängen lassen, mit ein paar Traggurten geht das schon, und dann kann Gesche auch den Zuschauern zuwinken, wenn sie über die Klostermauer fährt. Ich weiß nur nicht, wie ich die Öffnung um ihren Hals herum dicht bekomme. Wenn das Vakuum an Gesches Hals vorbei verloren geht, dann kommt der Zeppelin nicht in die Höhe.«

»Wunderbar!« hat der Laßwitz gesagt, »da haben wir doch die Katastrophe, die wir brauchen.«

Aber der Frits hat sich nur über sein Millimeterpapier gebeugt, hat Formeln ausradiert und neue aufgeschrieben, den Kopf geschüttelt.

Gesche hat ihre Knie bewegt. Diesmal habe ich nicht verstanden, was sie gemeint hat. Vor den anderen habe ich sie auch nicht fragen wollen.

Unsere führenden Persönlichkeiten, der Nackenhorst, Frits und Curd, waren schon schlafen gegangen. Die Gesche ist in ihrem Mesmerstuhl neben dem Zeppelin gesessen, die Backe gegen den Walbauch gedrückt. Sie hat gesagt, dass sie noch nicht ins Bett mag. Sie will da sitzen, wo sie sitzt, und denken, was sie denkt, nämlich, dass sie davonfliegt mit dem großen Wal. So habe ich ihre Knie jedenfalls verstanden.

Ich habe geglaubt, jetzt müsste es der richtige Augenblick sein, um dem Kaspar Mohr die Tragegurte zu übermalen, damit er endlich loskommt von den Flügeln. Wenn Gesche denkt, ich hol ihr die Flügel vom Kaspar Mohr herunter, dann soll mir das auch recht sein. Ein bisschen ist es ja auch so.

Ich bin auf den zweiten Stock der Bibliothek hinauf, da ist so eine Art Balkon rundherum, ziemlich hoch oben. Ein Gerüst hat es auch gegeben, an dem später das Bühnenbild, wenn ich es einmal fertig gemalt habe, aufgehängt hätte werden sollen. Von dem Gerüst aus ist man an Kaspar Mohr hingekommen. Eigentlich nichts dabei.

Nur dass ich abgerutscht bin. Wahrscheinlich habe ich den Kaspar Mohr so fest angeschaut, dass ich auf meine Füße nicht gescheit aufgepasst habe. Und harte Stiefel habe ich angehabt. Ich wollte gerade an das Weiß von seiner Kutte hinlangen, da spüre ich, wie ich wegrutsche, habe mich nur halten können, weil ich mit dem rechten Fuß in die Zeppelinhaut eingebrochen bin, da ungefähr, wo die Nasenwurzel von dem Riesenwal gewesen wäre.

Jetzt bin ich da oben recht unbehilflich gewesen, halb gehangen irgendwie, halb eingebrochen in das Tier. Habe bei mir gedacht, das wird wohl eine von den Katastrophen sein, nach denen der Curd so süchtig ist.

Gesches Knie haben sich aufgeregt bewegt. Was sie mir hat sagen wollen, habe ich nicht verstanden, ich war zu weit oben, man muss näher an ihren Knien sein, damit man ihre kleinen Bewegungen versteht.

Und ich bin drauf gekommen, auf was ich schon viel früher hätte kommen müssen: Wie hätte Gesche aus dem Zeppelin eigentlich herausschauen sollen? Wie hätte sie es mitbekommen, dass sie aus der Bibliothek davonfährt, über den Klosterhof und dann über die Mauer in die Nacht? Mitbekommen, wenn der Kopf, vielleicht sogar der ganze Körper, in Frits' Vakuum steckt, und ringsum ist nur Dunkelheit und Spinnengewebe mit Knochenleim und kein Fenster, unten keines und keines oben?

Da bin ich plötzlich froh gewesen, dass ich mit dem Fuß in die Zeppelinhaut eingebrochen bin. Dass ich ein Loch hineingetreten habe, aus dem Gesche sehen kann, dass sie über uns fliegt und einmal im Leben ihren steinharten Rücken vergisst. Wenn sie es nicht sieht, wäre es ja gar nichts gewesen für sie. Dann hätte es für sie auch nicht stattgefunden.

Ich habe dann meinen rechten Fuß hin und her gedreht, habe dem Wal ein Auge in die Stirn getreten, ungefähr da, wo seine Nasenwurzel gewesen wäre. Damit Gesche was sieht.

Wie ich herunter gestiegen bin von dem Wal, hat es ein Zischen getan. Die Luft und das bisschen Helium sind aus dem Auge herausgekommen. Er hat traurig ausgesehen, der große leere Fisch, wie er in sich zusammengesunken ist. Es ist so langsam gegangen, man hat es fast nicht gemerkt.

Nepomuk Mälzel erläutert, dass Frieden auch nur eine Frage des Maßstabs ist

»Wenn er bloß nicht so hundsmüde wäre, mein armer, dummer Türke«. Mälzel schaute in seine winzigen Hände, formte aus ihnen eine Schale, in die er seinen Kopf gab, und stierte eine Ewigkeit in den Klosterhof hinaus.

»Ein paar gut durchgeschlafene Nächte richten das jetzt nicht mehr. Das geht tiefer«, sagte er. »Ich meine fast, es muss mechanisch sein. Und die Mechanik wenn erst einmal müde ist, Herrgott, dann fehlt es weit. Dabei will der Franzose ihn am Sonntag vernichten, der Deschapelles mit seiner einen Hand, seiner spitzigen Nase und seinem Verstand wie ein Schlachtermesser.«

Mälzel spürte das Schlachtermesser des Franzosen praktisch schon an seinem Kehlkopf herumschnitzen. Bis Sonntag hatte er gerade noch zwei Tage.

Baptist wunderte sich, dass der Mälzel wegen seines Türken so niedergeschlagen war. Niedergeschlagenheit kannte dieser Mensch doch gar nicht. Seit einer Woche wohnte Mälzel nun bei ihnen im Kloster. Und Schussenried, das seit Jahren den Glauben an sich selbst verloren hatte, Schussenried hatte plötzlich den Kopf oben, gerade so, als hätte Abt Siard es zusammen mit dem

Mälzel heute zum zweiten Mal gegründet, und etwas anderes gäbe es überhaupt nicht, als gleich morgen auf in die Welt und das Wort Gottes hinausgeschrien. Dabei war man sich nicht einmal sicher, ob der Mälzel in Glaubensdingen ausreichend fest war. Aber das war den Domherren gleichgültig geworden. Wenn man nur einen Zipfel Zukunft zu fassen bekam.

Die neue Zuversicht blies das Kloster durch wie süßer, kalter Wind. Die Zuversicht kam von Mälzels Händen, glaubte Baptist. Denen widerstand einfach nichts. Johann Nepomuk Mälzel aus Regensburg hatte die Statur einer Kanonenkugel. Daran waren Kinderhände befestigt, so geschickte Hände, dass du hättest weinen mögen. Alles ist zum Laufen, zum Drehen, zum Flöten, zum Fliegen gekommen, wenn er es dir nur angefasst hat. Als wüssten die winzigen Schrauben, Zahnräder, Pendel, Unruhen und Indikationen von allein, wo sie hingehören und wie sie funktionieren, wenn sie seine Hände nur gerochen haben. Sein riesiges Hirn, sein Witz, sein Gedächtnis, in dem Generationen von Uhrmachern, Glockengießern und Gauklern gerauft haben – alles hüpfte und tanzte und wuselte in seinen Händen. Die Schrauben haben ihn geliebt, die Federn haben ihn angeschmachtet, das Öl hat in seinen Händen zum Glänzen angefangen wie Silber.

Vor einer Woche war Mälzel in Schussenried angekommen. Auf der Durchreise nach Genua, von wo aus er sich nach Amerika einschiffen wollte. In einer Art Planwagen führte Mälzel sehr genaue und sehr täuschende Welten mit, die er mithilfe von Knöpfen, Hebeln, Zahnrädern und Uhrwerken zum Leben brachte. Den Brand von Rom mit einem glucksenden Nero, der aus einem Trinkbecher Wein auf die Flammen goss. Ein Husarenblechorchester, das patriotische Märsche blies samt Hunden, die dazu im Takt mit dem Schwanz wedelten. Eine Place de La Concorde mit einer Guillotine und reichlich Kundschaft dafür. Ein Bauernhof mit Hühnern und Schweinen und einem einsamen Pfau. Das waren Mälzels Welten.

Irgendwo in diesen Welten musste es einen Defekt gegeben haben, vielleicht etwas Kleines, das weiß man ja erst, wenn man alles auseinandergeschraubt hat. Jedenfalls fragte Mälzel den Abt Siard, ob er mit Gehilfen und Planwagen im Kloster unterkommen könne, nur so lange, bis er den Defekt gefunden hat, bestimmt nicht lange, weil er es eh furchtbar eilig hat nach Genua.

Der Abt sagte ja. Was hätte er anders sagen sollen. Mälzel war ja nicht irgendwer. Dem Johann Nepomuk Mälzel aus Regensburg, Erfinder des Metronoms sowie des Brands von Rom, k.u.k. Hofmaschinist Ihrer Majestät, der Kaiserin Maria Theresia, Erschaffer mechanischer Welten, Freund des Herrn Beethoven und weltberühmter Konstrukteur künstlicher Füße, dem sagst du nicht nein, wenn es in seinen Welten einen Defekt hat. Außerdem waren die Schussenrieder froh, wenn wieder einmal ein Mensch mit einem gescheiten Namen das Kloster besuchte. Klöster waren ja in der letzten Zeit aus der Mode gekommen, sogar in Verruf, deshalb. Die Werkstatt, in der schon der Kaspar Mohr gearbeitet hat, dahin kann er seine mechanischen Welten schaffen und sie reparieren. Wenn er was braucht, das Kloster hat Krankensalbe und letztes Öl, und einen Garten, wo der Abt persönlich den Kräutern anschafft, wann sie blühen müssen. Das gibt einen kräftigen Glauben, und wenn es Mälzels Welten hilft, kann er davon gerne etwas haben. Braucht es nur sagen.

Deswegen also saß Mälzel jetzt mit dem Baptist Allgaier am Mittagtisch, den die Domherren für den Gast in den großen Bibliothekssaal geschleppt hatten. Der Bibliothekssaal gehörte zu den nicht sehr zahlreichen Attraktionen von Schussenried. Eine andere Attraktion war eben jener am abgegessenen Mittagstisch sitzende Baptist Allgaier, aber darauf wird zurückgekommen werden.

Jetzt schauen wir erst einmal zu, wie der Mälzel genug bekommt vom Hinausstieren, er bekommt schnell genug von was. Wie er nun seine Schublehre aus der Tasche tut und mit genauen Handgriffen dem übriggebliebenen Knödel auf Baptists Teller Höhe, Breite und Tiefe abnimmt.

Es war nämlich an dem. Der Mälzel vermaß mit seiner Schublehre das Greifbare so unentwegt, wie andere

Leute einatmen. Alles musste er nachmessen. Wenn wirklich einmal nichts zum Messen da war, hat er halt das Ungreifbare nachgemessen. Wenn auch Ungreifbares nicht zur Hand war, hat er sich nichts dabei gedacht, die Schublehre am Ohrläppchen seines Gegenübers anzusetzen und zu bestimmen, wie dick das Läppchen ist, oder wie hoch die Kniescheibe. Wenn ihn jemand gefragt hätte, wie er dazu kommt, an anderer Leute Ohrläppchen oder Kniescheibe herumzutun, hätte der Mälzel geantwortet, dass seine Hände das von allein machen, er hat es ihnen jedenfalls nicht angeschafft. Aber gefragt hat ihn niemand, weil es sich so unverschämt gut angefühlt hat, wenn Mälzels winzige Hände einen nachgemessen haben. Der Mälzel hat dann im Kopf Dicke und Höhe ins Verhältnis gesetzt, das ist unwillkürlich gegangen, so wie bei anderen das Ausatmen. Merkwürdig war, dass das Verhältnis immer fünf ergab. Das heißt, wenn einer recht dicke Ohrläppchen gehabt hat, dann war auch seine Kniescheibe recht hoch; die mit den dünnen Ohrläppchen haben eine niedrige Kniescheibe gehabt. So mehr nebenbei hat der Mälzel mit seiner Schublehre herausgerechnet, wie tief die Welt ist, wie hoch und wie dick. Das Verhältnis der Welt hat er dann maßstabsgerecht auf seine Welten übertragen.

Baptist merkte, dass im Mälzel noch immer eine Niedergeschlagenheit war. Deswegen fragte er ihn nach seinen

Plänen für die Flugschule. Der Mälzel hatte nämlich für alles einen Plan parat, und nichts freute ihn mehr als genau solche Fragen. Über seine tausend Pläne konnte er, ohne Komma und Gedankenstrich, reden. Die Flugschule war so ein Plan. Obwohl jeder sehen musste, dass die Flugschule keine Hand und keinen Fuß hatte, träumten die Schussenrieder davon und wurden ganz aufgeregt. Das kam so.

Am Abend nach seiner Ankunft saß der Mälzel mit den Domherren und dem Baptist Allgaier im Bibliotheksaal beim Essen. Wen der da oben vorstellen soll, fragt der Mälzel und weist in den Freskohimmel hinauf, der sich über ihrem Abendmahl wölbt. Dort steigt bis zum heutigen Tag der Kaspar Mohr mit seinen rückwärts angeschnallten Federflügeln herum, als wollte er sich noch immer in die dampfenden Schüsseln da unten stürzen und nachprüfen, ob die Domherren auch genügend Kartoffeln vertilgen.

»Kaspar Mohr hat der Mann geheißen?« meinte Mälzel, als Abt Siard ihm die Geschichte erzählte. »Und geflogen ist der Mohr? Und also hat das Fliegenwollen eine lange Tradition in Schussenried. Fliegenlernen, wäre das nichts für dich, Baptist?«

Dabei schaut er den Baptist an, als suchte er die Stelle, wo er die Flügel am gescheitesten hineinschraubt. Wir kommen noch darauf.

Der Abt räuspert sich, aber den Mälzel kann man nicht unterbrechen.

»Überhaupt, wenn ein ganzes Kloster sich seit, wieviel werden es jetzt sein, zweihundert Jahre? dreihundert? aufs Fliegen wirft, wenn Ihr so lange schon das Fliegenwollen übt und habt darin nie nachgelassen – warum macht Ihr nicht eine Schule des Fliegens aus Schussenried? Wer will heute noch ins Kloster? Aber fliegen, ja fliegen, das würde man gerne wollen. Von ganz Europa kämen die Schüler angerannt, sogar bis von Amerika herüber, das ist garantiert.«

»Eine Schule des Fliegens?« fragt der Abt. »Von uns kann keiner fliegen. Ist schon mühselig genug, aufrecht zu gehen auf dieser harten Erde, nicht zu reden vom Fliegen. Dabei kommt man Gott zu nah. Außerdem, ob Kaspar Mohr damals wirklich vom Dormitorium im dritten Stock in den Klostergarten hinuntergeflogen ist, das weiß niemand. Es war keiner dabei. Jeder legt sich die Geschichte entsprechend seinen persönlichen Hoffnungen zurecht.«

»Vom Dormitorium, immerhin«, darauf Mälzel. »Was verschlägt es denn, ob Euer Kaspar Mohr vom Dormitorium heruntergeflogen ist oder heruntergefallen? Wer fragt danach, ob einer wirklich fliegen kann? Deswegen kann man doch eine Schule des Fliegens betreiben. Man muss nicht selber fliegen können, wenn man das Fliegen lehren will.«

»Hätte das denn seine Richtigkeit, eine Schule des Fliegens, wenn man selber gar nicht fliegen kann? Wenn man genau weiß, nie wird ein Mensch fliegen, weil das unmöglich ist und wider die Natur? Würde man uns nicht Betrüger schimpfen?« erkundigt sich der Abt Siard.

»Ja und? Es ist nichts Schlimmes am Betrug«, sagt Mälzel, »wo wären wir denn, wenn wir immer nur auf die armselige, ungelogene Wahrheit hinunterschauen würden, statt nach oben, nach innen, dorthin, wo unsere Träume und Hoffnungen und ja, wenn Ihr es in Gottes Namen denn so nennen müsst, der Betrug untergebracht sind? Wenn einer stirbt, geben wir ihm Geschenke mit auf den Weg, wir reden mit den Toten und beten für sie und bitten sie um allerlei. Weil wir daran glauben müssen, dass mehr von uns bleibt, als satte Würmer. Schaut selber –« Mälzel zeigt in den Freskohimmel-, »schaut die schnurgerade Decke an. Ihre Wölbung verdankt sie nur dem geschickten Pinsel eines Augsburger Malers. Ist das Betrug? Na, meinetwegen ist es Betrug. Wenn nur jeder Betrug einen so bezaubert. Schaut die rauschenden Farben an, die wir für unser Jenseits hernehmen, auch wenn wir genau wissen, da ist gar keine Farbe, nichts ist da, als nasse, kalte Erde. Ist das Betrug? Betrug, meinetwegen. Wenn nur jeder Betrug so tröstet.«

Der Mälzel nimmt noch ein Glas. Er hat sich in einen ziemlichen Durst geredet.

»Mit dem Leben ist der Tod in die Welt hereingekommen, und mit dem Tod die Hoffnung, das Träumen und der Betrug. Für den Gottesdienst wäre es sehr unangenehm, wenn es einen lieben Gott wirklich gibt.

Und die Theologie lässt sich auch viel besser unterrichten, wenn es ihn nicht gibt und er dem Mensch nicht hineinredet. Muss ich das ausgerechnet einem Abt erklären? Also warum dann keine Schule des Fliegens? Wenn Ihr die Gewissheit der, sagen wir, unbefleckten Empfängnis überzeugend vermitteln könnt, dann könnt Ihr auch das Fliegen lehren, Herr Abt.«

Der Mälzel wedelte mit seiner Schublehre und trank ein Glas Wein nach dem anderen. Während die Domherren immer ungemütlicher auf ihren Stühlen herumwetzten. Es werden nicht nur die gesottenen Steckrüben gewesen sein, die ihnen Blähungen machten. Da tanzen diese quirligen Hände mit der Schublehre herum. Wenn man im Sitzen tanzen kann, heißt es. Da droht die Visite dieses Alexandre Deschapelles, dem die grausige Französische Revolution die rechte Hand abgeschnitten, dafür aber einen umso schärferen Verstand gegeben hat. Da redet der Mälzel von der Unbefleckten Empfängnis, als wäre das gar nichts. Der Schädel dreht sich einem. Niemand weiß, was aus den Klöstern, Kirchen und Köpfen wird. Vielleicht ist ein Domherr heutzutage ja nur noch so viel wert wie ein Schreiner oder so viel wie ein Rosshändler oder, Gott bewahre, so wenig wie ein Bauer. Die Rechnung wird aufgemacht werden. Die weltliche Macht hat Appetit bekommen auf die vergoldeten Altäre der Klöster. Die Gerüchte, die von Frankreich herüberdringen, sind zum Fürchten. Was nützt es, wenn im Jenseits für die Domherren warme Plätze hergerichtet sind. Im Diesseits muss eines ja auch leben. Vor wem soll man sich jetzt bücken? Trotzdem. War der Wind erst einmal abgegangen, fühlte man sich doch besser und befreiter. Man musste einfach fröhlicher atmen, wenn man dem Mälzel nur zuhörte. Und geriet immer tiefer in eine Begeisterung. Die hatte kein rechtes Ziel, aber eine Begeisterung ist ja auch ohne Ziel gut.

Die Domherren sind auf und ins Bett. Sie hatten jetzt eine gute Bettschwere. Vielleicht hatten sie auch Angst bekommen, es könnte als Sünde angerechnet werden, wenn sie dem Mälzel noch länger zuhörten. Oder sie sind erschrocken vor der eigenen Zuversicht, die die Kinderhände vom Mälzel ihnen einflößte.

Nur Baptist blieb sitzen, er war ja kein Domherr, und hörte dem Mälzel weiter zu. Der war jetzt überhaupt nicht mehr zum halten und segelte auf seinen Wortflügeln praktisch zum Kaspar Mohr hinauf in den Freskohimmel.

»Wenn man dem Menschen Betrug, Himmel und Hoffnung wegnimmt,« sagte Mälzel, »was meinst du, Baptist, bleibt von ihm übrig?«

Darüber hatte der Baptist noch nie nachgedacht. Wer denkt denn darüber nach, was von einem übrig bleibt, wenn ihm der Mälzel Betrug und Hoffnung wegnimmt?

»Ich werde es dir sagen, Baptist. Eine Maschine bleibt übrig. Eine hinreißend geistvolle Maschine mit einer

Mechanik, die so unglaublich gescheit konstruiert ist, du kannst dich nur wundern, wie da einer überhaupt hat drauf kommen können.«

Der Baptist hat nichts gesagt. Er hat überhaupt nie etwas gesagt, was er nicht wenigstens zweimal in seinem Schädel umgewendet gehabt hat. Ein Doppeltbedenker, das war der Baptist. Wenn der Mälzel dich von jetzt auf gleich zu einer Maschine macht, dann wird es ohnehin besser sein, du überlegst dir deine Antwort.

»Eine Maschine zu sein ist nichts Falsches«, hat der Mälzel gesagt. »Im Gegenteil, es gibt doch gar nichts Schöneres. Eine Maschine kann man ausmessen, man kann sie berechnen und am Ende kann man sie verstehen, auch wenn ich noch viel verstehen muss, damit alles stimmt. Eine Maschine kann man konstruieren. Und was man konstruieren kann, lässt sich reparieren und das Wichtigste – man kann es besser konstruieren. Der Mensch ist verbesserbar, Baptist. Ich finde das tröstlich.«

Bei diesen Worten schaute er auf Baptists Klumpfuß hin. Kein mitleidiges Geschau, kein angeekeltes und auch kein barmherziges. Nicht mal ein neugieriges. Nur einfach sein Schublehrengeschau, mit dem er ohne Weiteres Höhe, Breite und Tiefe nachmaß.

Ob der Baptist seinen Türken sehen will, fragte der Mälzel. Der Baptist, der zu dem Zeitpunkt, wir sind ja gerade erst am Abend der Ankunft Mälzels, noch keine Ahnung hatte, von welchem Türken der Mälzel redete, nickte. Dann soll der Baptist mit ihm zu Kaspar Mohrs alter Werkstatt kommen. Der Abt hat ihm freundlicherweise gestattet, dass er den Türken und seine anderen Welten dort abstellt.

Mitten in der Nacht? Ob man nicht stört? wollte der Baptist wissen. Aber dann humpelte er doch voraus zur Werkstatt. Der Mälzel kannte sich im Kloster natürlich nicht gut aus. Der Baptist gehörte hierher, deswegen.

Während die beiden durch den kalten Klostergang tappen, ist Zeit für ein paar Worte über den Baptist.

Johann Baptist Allgaier wurde am 19. Juni 1763 im damalig freien Reichsstift Schussenried geboren. Gestorben ist er am 2. Januar 1823 in Wien. Aber so weit sind wir noch nicht. Und wer weiß, ob wir da hin kommen.

Wie erwähnt, zählte der Baptist neben der Orgel, dem Fresko im Bibliothekssaal und den Kopfweiden an der Klostermauer, zu den paar Attraktionen, die Schussenried noch übergeblieben waren aus den Jahrhunderten als mächtiges Prämonstratenserkloster. Weil Baptist nämlich jeden im Schachspielen besiegte.

Seinerzeit war es ja nicht mehr weit her mit dem Kirchenbesuch. Die alten Weiber sind noch gekommen, die kommen auch dann noch, wenn es schon zum Weltuntergang läutet. Die Jungen saßen jetzt lieber am Sonntag im Wirtshaus und stierten hinüber zur französischen Grenze. Oder jedenfalls in die Richtung, wo sie Gleichheit und Guillotine vermuteten. Um die Leute aus dem Wirtshaus zu locken, verkündeten die Domherren, dass am Sonntag jeder, der sich traut, gegen den Baptist im Schachspielen antreten darf. Es werden auch Wetten angenommen. Vorher hätten die Leute allerdings in die Heilige Messe gesollt. Und hinterher zur Beichte. Die ersten Sonntage waren die Kirchen tatsächlich voll. Aber bald wieder nur die alten Weiber. Die Jungen bekamen die ewigen Siege vom Baptist bald satt. Oder es war, dass sie eben lieber nach Frankreich hinüber schauten.

Selber lag dem Baptist am Siegen nichts. Im Gegenteil. Er hasste es, wenn er vorgeführt wurde wie ein Bär, der auf glühendem Eisen das Tanzen für die Jahrmärkte lernt. Er behauptet, eigentlich ist das gar nicht er selbst, der da nach der Messe mit seinem Klumpfuß am Tisch hockt und siegt. Irgendein anderer Kerl sitzt in ihm drin. Bestimmt einer mit geraden Gliedern. Eine gewalttätige eiserne Puppe, so fühlt es sich für ihn an. Die meisten glaubten, der Baptist will mit dem Gerede nur seine Siegerei entschuldigen. Hat ja keiner nachprüfen können, ob ihm wirklich einer auf der Milz herumsteigt und gegen seine Stirn haut beim Schachspielen, so dass der Baptist meint, der Schädel platzt ihm. Dafür hätte man den Baptist auseinanderschrauben müssen. Vielleicht versteht man daher, was der Baptist sofort für ein Interesse hat, wenn der Mälzel behauptet, der Mensch ist im Grunde nur eine konstruierbare Maschine.

Der Baptist hat zu jener Zeit überhaupt nicht gewusst, was er mit sich hätte anfangen sollen. Das Laufen wurde ihm schwer, noch schwerer, weil die Leute ihn angestarrt haben. Er hat sich das eingebildet. Die Leute haben nur gesehen, wie schwer das Gehen wirklich ist, wenn sie ihn gesehen haben. Lieber blieb er gleich auf seinem kurzen Bett liegen und hörte seinen Gliedern beim Wachsen zu. Auch wenn es sich schon ausgewachsen gehabt hat, damals, als Mälzel Schussenried besuchte. Da war Baptist siebenundzwanzig Jahre alt. Siebenundzwanzig Jahre und praktisch berufslos auf dem Bett herumgelegen. Entdeckungsreisender, das wäre etwas für Baptist gewesen. Ein Schussenrieder Georg Forster, der seinen Friedrichshafener James Cook in die Südsee begleitet. So in der Art. Es hätte ihm ja schon gereicht, einen Nepomuk Mälzel zu begleiten, wenn der sich von Genua in die Neue Welt einschifft. Aber wie will man mit einem Klumpfuß nach Dakota oder in die Südsee? Oder irgendwohin? Auch wenn die anderen Glieder zum Ausgleich lang waren wie Weidenstecken – zwei Füße, auf die du dich verlassen kannst, ohne das geht es nicht.

Dabei hätte es nicht unbedingt Entdeckungsreisender sein müssen. Für praktisch jede andere Ausbildung hätte Baptist den Kopf gehabt, aber der Vater nicht das Geld. Priester wäre gratis gewesen, aber das wollte er in keinem Fall werden. So lag Baptist auf seinem kurzen Bett, war oft krank oder hat sich krank gefühlt. Hatten sich Besucher angekündigt, musste er vom Bett aufstehen, und sie im Schachspiel besiegen. Von weither reisten die Leute, um diesen mürrischen Jungen mit dem Klumpfuß spielen zu sehen. Hatten sie sich Mut angetrunken, traten sie manchmal selbst gegen ihn an.

Den Vater Allgaier beschäftigten die Domherren nur wegen dem Baptist, für den wäre eigentlich keine Arbeit dagewesen. ›Klosterverwalter‹ war sein Titel, aber seit es in Frankreich drüben rumorte, hat es zum Verwalten nicht mehr viel gegeben. Das bisschen hätte der Kellermeister leicht nebenzu erledigt.

Baptist las viel, botanische Bücher und Reiseberichte. Wenn das Wetter danach war, und er sich gerade nicht krank fühlte, war er im Garten. An die warme Klostermauer stellte er Melkkübel hin. In denen mühte er sich, die Pflanzen ziehen, die er entdeckt hätte, wenn er Entdeckungsreisender hätte werden können: Jacarandabäume, die in den Himmel fliegen, honiggelbe Datteln, blutrote Kartoffeln aus den Anden, duftender Eukalyptus, bucklige Granatäpfel, schwere Oliven. Jedenfalls lag es in der Absicht seiner Pflanzen, so etwas zu werden.

Baptist humpelte über die Dörfer und sammelte Rossäpfel in einen Leinensack, Brennnesseln, Steinmehl und Schachtelhalm. Wenn einer Schafe schor, bettelte er um Wolle, damit er seine Stecklinge im rauhen Albwinter einwickeln konnte. Übernachtete einer im Kloster, der nur ein bisschen aussah wie ein Kapitän, obwohl nicht viele Kapitäne auf der Alb unterwegs waren, bedrängte Baptist ihn gleich, er soll ihm auf der Rückreise Schösslinge oder Samen mitbringen. Dafür ließ er so einen Kapitän schon mal im Schachspiel gewinnen. Obwohl das ein harter Kampf war gegen seinen inwendigen Schachspieler, der sich nur fürs Siegen und nicht für Entdeckungsreisen interessierte.

Die meisten Pflanzen gingen ihm ein. Ein dünner Olivenbaum, dem man den Baum nicht ansah, überlebte es jahrelang, wenn auch ohne eine einzige Olive. Ein Olivenbaum muss hundert Jahre werden, bevor er seine erste Olive trägt, belehrten ihn diejenigen, die über den Kamm der Alpen hinüber und bis Genua gekommen waren.

Sein Klumpfuß hat Baptist auf den Gedanken gebracht, es muss möglich sein, dass man sich die Welt, die man entdecken will, dort hinbaut, wo man sie mit den eigenen Füßen erreicht. Das wird ein Grund gewesen sein, warum der Mälzel ihn so faszinierte, der alles für konstruierbar hielt.

Gegenüber seinem Vater hatte Baptist ein schlechtes Gewissen, weil er sich nie genügend nach einem Beruf umgeschaut hatte. Deswegen ging er widerspruchslos mit, wenn er Schach spielen sollte. Holten sie ihn von seiner Olive weg, wusch er sich absichtlich nicht die Hände. Mit dreckigen Händen ließ er dem inwendigen

Schachspieler seinen Willen. Der fegte den Gegner in ein paar Zügen vom Brett. Der Baptist schaute gar nicht hin und ließ ihn machen. In diesen Augenblicken war er einverstanden mit der eisernen Puppe da drin, und das Hämmern gegen seine Stirn war nicht schlimm. Sonst zögerte er das Siegen schon einmal hinaus, damit es für den anderen nicht gar so arg wurde. Mit den meisten saß er ja auch ganz gerne beisammen.

Abgedeckt mit Bettlaken warteten Mälzels Welten in Kaspar Mohrs alter Werkstatt.

Mit dem Schlüssel, den er vom Abt Siard bekommen hatte, schloss Mälzel die Tür auf, zog ein Laken von einer hohen Gestalt und sagte mit einer eleganten Verbeugung:

»Darf ich die Herrschaften vorstellen? Mein Türke, berühmt und gefürchtet an den Höfen Europas für sein elegantes und gnadenloses Spiel. Und das hier ist Johann Baptist Allgaier, das Schachgenie von Schussenried.«

Irgendeine Müdigkeit war dem Türken eigentlich nicht anzusehen. Hochmütig saß er hinter seinem Schachbrett, das Holz seiner Hände schimmerte.

Mälzel übertrieb nicht. Sein Schachtürke war berühmt, er hatte gegen Maria Theresia gespielt. Das war weiter nicht schwierig gewesen. Hatte aber den unschätzbaren Vorteil gehabt, dass ab jetzt die großen Herzöge und die kleinen Grafen nicht gleich ihr Gesicht verloren, wenn der Automat sie schlug. Das Geschäft lief prächtig. Wenn sie vor dem berühmten Automaten saßen, wurden die besten Schachspieler nervös und verloren ihr Spiel. Worauf das Geschäft noch besser lief. In ein paar Tagen sollte der Türke gegen Alexandre Deschapelles antreten. Den hielt man für den besten Schachspieler Europas. Seit Wochen reiste er Mälzel und seinem Schachtürken hinterher. Jetzt endlich wollte er in Schussenried auf ihn treffen. Als vierzehnjähriger Revolutionssoldat hatte Deschapelles in der Schlacht von Frejus die rechte Hand verloren. Seine Spielweise war gnadenlos.

Damit der Leser nicht meint, die Begeisterung des Berichterstatters für Mälzels Mechanik verführte ihn zu einer unangemessenen Beschreibung des Schachtürken, soll an dieser Stelle ein anderer zu Wort kommen. Einer, der sich vorgenommen hatte, Mälzel und seinen Schwindel mit dem Schachtürken zu entlarven. Übrigens auch ein Grund, warum Mälzel in die Neue Welt wollte und diesem Schlaukopf beweisen, dass er unrecht hat. Herr Poe, ein Bostoner, beschreibt den Schachtürken so:

> *»Der automatische Schachspieler wurde im Jahre 1769 von dem Baron Kempelen, einem Edelmanne aus Preßburg, erfunden und später seinem jetzigen Besitzer, einem Mr. Maelzel, übertragen. Er wurde in Preßburg, Paris, Wien und anderen Städten des Kontinents gezeigt. Er erregte überall das größte Interesse, und Männer*

aus allen Berufsarten bemühten sich, das Geheimnis zu ergründen.

Wenn die Schaustellung beginnt, erblickt man eine wie einen Türken gekleidete Figur, die mit gekreuzten Beinen auf einem großen Ahornkasten sitzt. Der rechte Arm des Schachspielers ist im rechten Winkel mit seinem Körper in voller Länge ausgestreckt und liegt ungezwungen auf der Tischplatte. Der linke Arm ist im Ellbogen eingebogen, die linke Hand hält eine Pfeife. Eine grüne Draperie verhüllt die Rückseite des Türken und fällt zum Teil noch über beide Schultern.

Mr. Maelzel teilt der Gesellschaft mit, daß er ihr den Mechanismus der Maschine zeigen wolle. Er zieht ein Schlüsselbund aus der Tasche und läßt die Anwesenden das Innere seiner Maschine in Augenschein nehmen. Es ist anscheinend ganz mit Rädern, Federn, Schwengeln und Hebeln angefüllt, so daß das Auge nicht allzutief in ihr Gewirre hineindringen kann. Er läßt die Tür weit aufstehen, geht dann um die Kiste herum, hebt die Draperie von der Figur, öffnet eine Tür, die der zuerst erwähnten genau gegenüberliegt, leuchtet mit einer Kerze in diese Tür hinein und ändert die Stellung der ganzen Maschine verschiedentlich, wobei ein helles Licht durch das Gefach fällt, das, wie man nun genau sehen kann, ganz von allerlei Maschinenteilen eingenommen wird. Gewöhnlich ist nun jeder Zuschauer überzeugt und glaubt, daß er zu ein und derselben Zeit jeden Teil des Automaten gründlich in Augenschein genommen hat.

Der Gedanke, den er vielleicht vorher gehabt, es könne jemand im Innern des Automaten verborgen sein, wird als total widersinnig verworfen.

Mr. Maelzel teilt nun der Gesellschaft mit, daß der Automat mit jedem der Anwesenden, der Lust verspüre, eine Partie Schach spielen wolle.

Der Türke spielt mit seiner linken Hand, alle Bewegungen des Armes geschehen im rechten Winkel. Die behandschuhte und natürlich gekrümmte Hand wird über die zu bewegende Figur gebracht und senkt sich dann auf sie hinab, wobei die Finger sie meistens ohne Schwierigkeit ergreifen. Bei jeder Bewegung des Automaten hört man in seinem Innern die Maschinerie gehen. Im Laufe des Spieles rollt die Figur hin und wieder die Augen, bewegt den Kopf und spricht, wenn nötig, das Wort »Schach«! (echec) aus. Wenn sein Gegenspieler einen falschen Zug macht, klopft er lebhaft mit den Fingern der rechten Hand auf den Kasten, schüttelt rauh den Kopf, stellt die falsch versetzte Figur wieder auf die frühere Stelle und macht den nächsten Zug selbst. Wenn er das Spiel gewonnen hat, bewegt er triumphierend den Kopf hin und her, blickt gelassen auf die Zuschauer, zieht den linken Arm weiter als gewöhnlich zurück und läßt die Finger allein auf dem Kissen ruhen. Gewöhnlich gewinnt der Türke.«

Und dieser Türke, behauptete Mälzel, war jetzt müde. Wenn es schlimm ging, lag es sogar an der Mechanik.

Mälzel zog sich einen Schemel heran, legte den Arm um die Taille des Türken und lehnte den Kopf gegen dessen Oberarm. Er hätte jetzt seine Kinderhände in der Mechanik herumtanzen lassen, die Müdigkeit aus dem Automaten herausschrauben müssen. Maschinenöl brauchte es, keine Zärtlichkeiten. Obwohl, so ungerührt wie der Türke in seinem Sessel saß, den Kopf aufgerichtet, mit neugierigen Blicken auf den Baptist, dem hätte keiner angesehen, dass er müde war.

Baptist strich über die seidenweich polierte Holzhand des Türken. Warm fühlte sie sich an. Baptist ließ seine Hand leicht auf dem Handrücken des Türken liegen, so wie er sie vielleicht auf einem fremden Tier hätte liegen lassen. Dem klopfst du ja auch nicht gleich zwischen die Schultern, da bist du auch erst einmal vorsichtig. Baptist schaute sich in der Werkstatt um. Er hätte gerne die Laken weg und Mälzels Welten entdeckt. Aber ihm kam es so vor, als wollte Mälzel, dass seine Hand auf der Türkenhand liegen blieb, und die Laken auf den Welten.

So saß also der riesenhafte Schachtürke zwischen den beiden, der eine umarmte ihn und der andere hatte die Hand auf seiner. Draußen kam der Morgen, und die drei merkten es nicht.

Ob er eine Partie mit dem Türken spielen soll, fragt Baptist den Mälzel. Das geht nicht, sein Türke funktioniert um die Zeit noch nicht, sagt Mälzel. Bis jetzt hat der Baptist geglaubt, einer Mechanik ist es gleich, wie spät es ist. Die ist höchstens einmal müde, wenn die Federn nicht gespannt sind. Vielleicht ist es mit einer türkischen Mechanik anders. Vielleicht sieht die nur wach aus und träumt in Wirklichkeit mit offenen Augen.

»Außerdem«, der Mälzel war schon wieder bis zum Anschlag aufgezogen wie eines seiner Uhrwerke, »außerdem muss ich ihn für das Spiel gegen den Franzosen herrichten. Er soll das linke Augenlid hochziehen und die Oberlippe steif machen, wenn er dem Franzosen ›Schach‹ sagt, das funktioniert noch nicht. Und diese Müdigkeit, furchtbar ist die. Geh ins Bett, Baptist. Lass mich mit ihm allein. Wenn du ausgeschlafen hast, kannst du gegen ihn spielen. Wirst es erleben.«

Am Nachmittag humpelte Baptist zurück in die Werkstatt. Eigentlich hätte er sich um seine Olive kümmern wollen, aber es zog ihn in die Werkstatt. Mälzel schliff gerade die Oberlippe des Türken mit einer Gänsefeder. Er nickte. Baptist sollte sich vor das Schachbrett setzen, das Ritual mit dem Herzeigen der Hebel und Zahnräder schenkte Mälzel sich heute. Der Türke hielt Baptist einen weißen Bauern hin. Eigentlich hätte jetzt die eiserne Puppe im Baptist das Kommando übernehmen sollen. Aber die rührte sich nicht. Vielleicht fand man es da drinnen unter der Würde, gegen einen Automaten zu spielen.

An dem Spiel selber war dann nichts Besonderes. Auch jetzt kam der Türke dem Baptist nicht müde vor. Machte seine Züge ohne langes Nachdenken. Unentschieden ist es ausgegangen. Das Unentschieden ist allerdings schon besonders gewesen. Weil außer Siegen hat der Schachtürke bisher nichts gekannt.

Ob er noch eine Partie haben kann, fragt der Baptist. Und wenn er gewinnt, darf er sich Mälzels Welten anschauen. Der Mälzel hat seinen Kopf hin und her gedreht wie ein Huhn und keine Antwort. Stattdessen hustet der Türke. Ein quälender Husten. So einer, mit dem du nichts hochbringst, und runter bringst du genausowenig. Nie mehr im Leben bekomme ich Luft, denkst du. Dabei ist der Türke ungerührt da gesessen, den Kopf hoch oben, und hat den Baptist neugierig angeschaut. Als wenn er prüfen wollte, wie seine Husterei bei Baptist ankommt, so ungefähr. Wie ein mechanischer Huster hat es sich für den Baptist eigentlich nicht angehört. Wieder hustet der Türke. Und noch einmal und noch einmal. Das will gar nicht mehr aufhören. Da endlich zuckt der Mälzel seine runden Schultern, macht die seitliche Klappe der Ahornkiste auf und sagt:

»Komm raus, Merle. So geht es ja auch nicht.«

Ein Mädchen ist herausgekommen. Erst hat man von ihr praktisch nichts gesehen, nur den gekrümmten Rücken, der unter dem Husten gezuckt hat. Der Mälzel ist zur Werkstatttür und hat abgeschlossen. Ganz allmählich hat das Mädchen wieder Luft bekommen.

»Merle«, hat der Mälzel gesagt, »das ist Johann Baptist Allgaier. Du hast gerade unentschieden gegen ihn gespielt. Baptist, das ist meine Tochter Merle.«

Mit Mädchen hat der Baptist sich noch schlechter ausgekannt als mit der Mechanik. Von ihnen hat er rein gar nichts gewusst. Deswegen hätte er jetzt nicht sagen können, wie alt Merle war. Das hat er auch später nicht sagen können. Sie hat sehr klein ausgesehen. Nur dass man die ganze Zeit geglaubt hat, man bildet sich ihre Kleinheit ein. Die Proportionen werden daran schuld gewesen sein. Die Proportionen haben so präzise gestimmt, wie etwas überhaupt nur stimmen kann. Als hätte der Vater sie mit seiner Schublehre konstruiert. Klein, aber mühelos im Verhältnis. Was der Baptist hat sehen können von ihr, war schön. Das dunkelrote Haar. Die Haut wie stille Milch. Und dazu, dass alles so genau zueinander gepasst hat. Also noch schöner ist eigentlich mehr das gewesen, was man überhaupt nicht hat sehen können. Die Dazwischenheit von Lid und Grübchen und Ohrläppchen und Kniescheibe.

Von der Husterei sind dem Mädchen Schweißperlen auf der Stirn gestanden. In der Ahornkiste, hinter dem Getriebe, hat der Baptist zwei Kissen gesehen und einen Kerzenstummel. Daneben sind Bücher gelegen. Von Weitem haben sie ausgesehen wie anatomische Atlanten. Mit abgehäuteten Gesichtern und Knochen ohne Fleisch.

»Ich halte es da drin keinen Augenblick länger aus, Vater. Ich kann den Husten einfach nicht unterdrücken. Und, Vater, den Deschapelles besiege ich dir nicht in zehn Zügen, den besiege ich überhaupt nicht. Schon das Unentschieden gegen deinen Baptist hier habe ich nur mit Mühe herausgespielt, das habt ihr ja gemerkt. Gegen Deschapelles, das wird ein langer, blutiger Kampf. Bevor der vorbei ist, bin ich in der Kiste erstickt.«

Das Einzige, was zu den präzisen Proportionen nicht hat passen wollen, war Merles tiefe Stimme, aufgerissen vom Husten.

Mälzel zog seine Tochter neben sich auf die Werkbank und tropfte aus einem braunen Fläschchen etwas auf einen silbernen Löffel, den er aus der Jackentasche gezogen hatte.

»Denk jetzt nur nicht das Falsche, Baptist«, sagte Mälzel. »Vor dir hustet nicht das Geheimnis meines berühmten Schachtürken. Ein Geheimnis ist die Merle schon auch, aber nicht das vom Schachtürken. Das Geheimnis des Türken ist etwas ganz anderes. Das Geheimnis sind meine Schulden.«

Und dann erzählte er dem Baptist, der währenddessen seine Augen nicht von Merle losbrachte, dass er, Johann

Nepomuk Mälzel, Erfinder des Metronoms und des Brandes von Rom, k.u.k. Hofmaschinist Ihrer Majestät der Kaiserin Maria Theresia, Freund des Herrn Beethoven und Konstrukteur künstlicher Füße, dass er also, wenn er nicht bald in Genua auf ein Schiff hinauf und in die Neue Welt käme, von seinen Gläubigern erwischt und mitsamt seinen titanischen Schulden arretiert würde. Er erfand einfach zu viel. Er konnte nichts sehen, ohne sich zu überlegen, wie man es besser konstruieren könnte, er erfand im Stehen und Sitzen, beim Essen und im Schlaf. Es war eine Krankheit. Und wie mit jeder Krankheit war es auch mit der Erfinderkrankheit – der Patient verdient nichts daran. Das Metronom, gewiss, es hatte den Mälzel in der Welt berühmt gemacht. Aber Musiker waren Hungerleider, er musste es für weniger verkaufen, als es ihn selber kostete, wenn er es überhaupt losschlagen wollte. Der Brand von Rom, die Husarenorchester, die schwanzwedelnden Hunde, alles recht schön, und sehen wollten die Leute es ja. Aber sie konnten keinen hohen Eintritt zahlen, es reichte nicht mal für das Öl, mit dem er die Uhrwerke am Laufen hielt.

Und die Herrschaften in ihren Schlössern und auf ihren Höfen? Die fanden, Mälzel müsste dankbar sein, dass er ihnen seinen Brand von Rom überhaupt vorführen durfte. Und im Übrigen, sollte vom Diner noch etwas übrig geblieben sein, möge er sich ungeniert in der Küche erkundigen.

Auch das Hofmaschinistendasein für Maria Theresia war nur für die Ehre. Angestellt war er bei der österreichischen Majestät nicht wegen des Brands von Rom oder der schwanzwedelnden Hunde. Sondern wegen der Füße. Das heißt: wegen der Prothesen. Krieg war reichlich, es gab genügend, denen sie ein Bein weggeschossen oder einen Arm abgeschnitten haben, manchmal auch beide Arme und beide Beine. Mit seinen Prothesen machte Mälzel aus so einer Fleischkugel wieder einen Menschen. Seine künstlichen Arme und Beine waren geschickter als das, was der Invalide vorher gehabt hatte. Eleganter als die eigenen Gliedmaßen waren sie eh. Ja, er war der Beste und geschickter als sonst einer – Mälzel sagte das ohne jede Prahlerei. Wie man halt über ein Handwerk spricht, das man gut gelernt hat. Bezahlt wurde Mälzel auch dafür nicht.

Das Einzige, womit er Geld verdiente, war der Schachtürke. Man durfte gratis gegen ihn spielen. Mälzels Verdienst waren die Wetten. Je weiter ein Wirtshausfeldherr das Maul aufriss, die paar Hebel, Stangen und Zahnräder seien kein ernstzunehmender Gegner, und ob man zum Schachspielen jetzt einen Schraubenzieher und ein Schlückchen Öl mitbringen müsste, um so höher gingen die Wetten. Um so besser lief es für Mälzel.

Jetzt kenne Baptist sein Geheimnis – nicht die steife Oberlippe des Türken, nicht das Anheben des Lids oder die vollendet gerundete Bewegung, mit der sein Automat die Züge machte. Nicht die Mechanik, die ihm auf der ganzen Welt keiner nachbaute. Die Schulden waren das Geheimnis. Und dass er nur mit der viehischen Wettleidenschaft der Leute sich und Merle durchbrachte.

Mälzel schien sich deswegen zu genieren. Das war nun einmal ein Problem, das sich mit Schublehre, Schraubenzieher und Zange nicht lösen ließ, wie die anderen Probleme, die er sich stellte. Und dann die nichtsnutzigen Doktoren mit ihren Tropfen und Aderlässen gegen Merles Husten, sie wollten bar bezahlt werden. Die liehen nicht. Wenn man am Sonntag nicht gegen den französischen Haudrauf Deschapelles spielte, dann wäre er ruiniert. Dann könne er seinen Türken, seine Welten, seine Pläne auch gleich in Schussenried stehen lassen, und mit Merle fliehen. Wohin wüsste er nicht.

Baptist verstand von Schulden nichts und nichts von Mädchen. Er verstand überhaupt von wenig etwas. Bisher war ihm das nie aufgegangen. Zum ersten Mal schämte Baptist sich dafür. Stumm und riesenhaft saß der Türke mit seinen ausgeleerten Augen neben Merle und ihrem Vater.

Aber was hätte Baptist schließlich auch vom Schuldenmachen wissen sollen? Sein Vater, Verwalter eines Klosters, in dem es außer Erinnerungen nichts zu verwalten gab, machte keine Schulden. Genau dafür hatten die Domherren ihn angestellt. Und deswegen lief es in Schussenried ja auch so schlecht. Baptist fiel nicht ein, was er zu Mälzels Geheimnis hätte sagen können.

Merle schien zu glauben, irgendetwas müsste erklärt werden.

»Ich bin nur vorübergehend. Vater hat nicht vor, mich das ganze Leben in die Ahornkiste zu sperren, das doch nicht, wir brauchen halt das Geld,« sagte sie. »Dem Professor Babbage und der Gräfin Lovelace in England hat Vater schon geschrieben. Die wollen eine dampfgetriebene Rechenmaschine bauen, die auch Schach spielen kann. Der Professor meint, wenn sie genügend Lochkarten bekommen und ein bisschen Dampf, dann bringen sie es leicht zusammen. In die Karten stoßen sie Löcher, vier für jeden möglichen Schachzug, dann Dampf, damit die Mechanik die richtige Karte heraussucht. Wenn das soweit ist, bin ich aus der Kiste draußen, und der Türke spielt automatisch. Das ist Vaters Plan, oder war es bisher. Die Gräfin sagt, das eigentliche Wunder hätte Vater vollbracht – das mechanische Wunder, die genaue Bewegung der Arme, der Finger, der Lider, der Lippen des Türken. Dass das alles so gerundet läuft. Das Schachspielen, meint sie, können der Professor und sie dem Türken schnell beibringen. Karten und Dampf, mehr braucht es für einen guten Schachspieler nicht.«

Die Husterei hatte sich beruhigt. Mälzel schaute glücklich auf seine Tochter, so stolz, als hätte er das rote Haar und die stille Haut und alle die genauen Verhältnisse ganz allein erfunden, und sogar die guten Argumente zusammengeschraubt, die seine wunderbare Tochter jetzt vorbrachte. Er nahm ihre winzige Hand in seine Kinderhand.

»Weißt du, Baptist«, sagte er, »ich habe Respekt davor, wie du und meine Tochter Schach spielen, meinetwegen auch der Deschapelles. Aber im Grunde ist nichts dabei. Es gibt viele Möglichkeiten, einen Bauern von hier nach dort zu bringen oder eine Königin zu bedrängen oder einen König zu verdreschen. Aber unendlich viele Möglichkeiten sind das ja nicht. Man kann sogar genau ausrechnen, wie viele Möglichkeiten es in Wirklichkeit sind. Und alles was man ausrechnen kann, kann man als Loch in eine Karte stoßen. Auch wenn das zu Anfang ein hübscher Stapel Karten ist. Wusstest du, dass sie drüben in Frankreich Webstühle bauen, die automatisch weben? Da schaffen die Lochkarten an, wohin das Weberschiff fahren soll, damit ein gutes Tuch daraus wird mit einem gefälligen Muster. Man kann sagen, was man will, eine Revolution hat auch ihre mechanischen Vorteile.

Der Mensch ist konstruierbar, seine Hände, seine Füße, seine Ohrläppchen, seine Augenlider. Auch dein Gehirn ist nur eine – zugegeben herrliche – Maschine. Erst bringt man so einer Maschine das Schachspielen bei, dann die Liebe, dann den Verrat, zum Schluss das

Schuldenmachen. Eins nach dem anderen. Das wird zusammengeschraubt, Federn werden eingespannt, Unruhen und Lochkarten. Für alles das mache ich dir ein Getriebe. Und nur, weil mir das noch nicht jeder glaubt, muss Merle in der Zwischenzeit in den Kasten da kriechen und sich verstecken, als hätte sie gestohlen und betrogen. Einen Schritt weiter wenn ich bin – und Schluss ist damit. Dann kann Merle aufrecht stehen und aufrecht husten oder endlich aufhören mit dem Husten, überhaupt kann sie tun, was sie mag.«

Ums Leben gerne hätte Baptist dem verrückten Prothesenmacher geholfen, der da so bedrückt neben seiner Merle saß. Ihm und der Merle, der Merle vielleicht sogar ein bisschen mehr.

Der inwendige Schachspieler hämmerte gegen Baptists Stirnschale, als könnte er es da drinnen jetzt wirklich nicht mehr aushalten. Baptist achtete nicht darauf. Er hatte nur im Sinn, wie er den beiden helfen könnte. Er, der klumpfüßige Baptist Allgaier, der es in seinem kurzen Leben zu nichts gebracht hatte, der nichts konnte außer Schachspielen, und sogar das machte er nicht selbst, sondern das besorgte ein inwendiger Kerl, Baptist, der nichts hatte außer einer starken Sehnsucht nach fremden Welten, in denen Oliven und rote Kartoffeln und Jacarandabäume wuchsen und anderes Zeug, das er entdecken wollte, er, ausgerechnet, wollte dem weltberühmten Prothesenmacher Mälzel helfen.

Aber wie sollte er das tun? Er konnte anbieten, gegen den Franzosen zu spielen. Gegen die ganze Französische Revolution, wenn Merle es verlangte. Verlieren würde er bestimmt gegen den Deschapelles, und die Schulden des Mälzel würden noch titanischer, wie Mälzel das nannte. Was konnte er, Baptist, denn schon? Nichts konnte er. Außer sich wegwünschen.

»Du könntest tatsächlich helfen«, hat der Mälzel jetzt herausgebracht und dabei auf Baptists Klumpfuß gestarrt, als gäbe es da etwas zu sehen. Baptist hat dieses Ding in einem fein gearbeiteten Stiefel herumgeschleppt, den der Vater ihm einmal hatte anfertigen lassen. Im Sitzen sah man nichts von dem Klumpfuß. Höchstens, dass man sich gewundert hat, warum ein junger Kerl in zwei unterschiedliche Stiefel steigt.

»Doch, helfen könntest du,« hat der Mälzel wiederholt, und man hat sehen können, wie es in ihm gearbeitet hat.

»Nein, Vater, das kommt gar nicht in Frage!« hat Merle mit ihrer tiefen Stimme gesagt, und dem Vater die Schublehre aus der Hand gerissen. Er hätte gerade die Tiefe von Baptists Füßen nachmessen wollen.

Die beiden fingen einen Streit an, den Baptist nicht verstand. Ein müder Streit, es kam ihm vor, als würden sie überhaupt nur aus Pflichtbewusstsein miteinander streiten.

»Hol euren Abt Siard her, Baptist. Sag ihm, der Mälzel hat ihm etwas zu zeigen,« sagte Mälzel am Ende.

Kurze Zeit darauf kam Baptist mit dem Abt in die Werkstatt zurück.

»Abt, jetzt passt gut auf. Jetzt zeigt Euch der Mälzel die Zukunft«, sagte Mälzel, nachdem er dem Abt einen Stuhl vor eine Art riesigen Kasten geschoben hatte, der, wie die anderen Welten, mit einem Bettlaken bedeckt war.

»Aber vorher müsst Ihr meine Tochter Merle kennenlernen. Sie gehört nämlich auch zur Zukunft. Oder die Zukunft gehört zu ihr, nur ein bisschen gehört sie noch zur Vergangenheit.«

Mälzel verbeugte sich wie ein Zauberer, der gleich einen verblüffenden Trick vorführen wird. Merle nickte ernst, irgendwie so, als sei es am Abt jetzt einmal zu erklären, wie man darauf gekommen war, sie die ganze Zeit in der Ahornkiste versteckt zu halten und sie niemanden sehen zu lassen.

Mälzel stellte dem Abt ein Glas Wein hin. Die Sitten hatten nachgelassen in Schussenried wie alles, und so hat Abt Siard den Wein gern angenommen. Bei einem Glas würde es an diesem Nachmittag nicht bleiben.

Schwungvoll zog Mälzel jetzt das Bettlaken weg. Enthüllte den Wienerwald samt Kahlenberg, alles ganz genau wie im Leben. Wie immer bei Mälzel perfekte Proportion. Ein Gewusel kleiner osmanischer Soldaten, ihnen gegenüber Wiener Bürger, die ihre Stadt gegen die Türken verteidigen wollten.

Mälzel legte dem Abt ein Holztablett mit Hebeln und Knöpfen in den Schoß, von denen Schnüre oder

Drähte, genau konnte Baptist es von seiner Zimmerecke aus nicht sehen, zur Schlacht führten.

»Ihr habt erkannt, Abt Siard, was das hier vorstellt – die Schlacht am Kahlenberg, richtig. Und die dürft Ihr jetzt noch einmal schlagen. Wenn Ihr wollt, könnt Ihr dieses Mal die Türken gewinnen lassen, müsst nur die richtigen Hebel umlegen. Dieser Hebel ist für die Kavallerie, der da für die Fußtruppen, mit dem Knopf zieht Ihr Euch zurück, mit dem greift Ihr an. Macht ruhig, Abt, was soll geschehen. Die Sache selber ist gute hundert Jahre her, und der Graf Starhemberg hat Wien ja schon gerettet.«

Abt Siard nahm einen Schluck Wein. Nahm einen zweiten und einen dritten. Baptist, dem an diesem Vormittag zum ersten Mal aufgegangen war, wie wenig er wusste von der Welt, fand es jetzt doch merkwürdig, dass die Zukunft, wenn es nach Mälzel ging, so aussehen sollte, dass Abt Siard mit kleinen und sehr genauen Türken gegen ebenso genaue Wiener die Schlacht am Kahlenberg noch einmal schlug. Er stellte sich neben Merle, um besser zu sehen.

Zögernd legte Abt Siard den ersten Hebel um. Mit unbeschreiblichen Getöse, wie es die alten Mauern von Schussenried noch nie hatten hören müssen, setzten sich die Heere gegeneinander in Bewegung, rannten, stürmten immer schneller aufeinander los, schlugen drein mit mechanischem Ernst. Die Rösser wieherten, die Standarten flatterten, die Verwundeten stöhnten.

Der Abt war im ersten Augenblick zurückgezuckt. Jetzt suchte er aufgeregt nach den richtigen Hebeln, merkte bald nicht mehr, wie er mit den Soldaten fluchte, mit den Generälen brüllte, wie er kreischte, jammerte und jaulte vor Angst, die Türken könnten über Wien hereinbrechen, wenn er nicht schnell genug den richtigen Knopf fand. Das war also die Zukunft? Sicher war nur: In dem Augenblick ist es ganz die Gegenwart gewesen, die den Abt und den Baptist und sogar die Merle immer tiefer hineingerissen hat. Keuchend sind sie vor dem Holztablett mit den Hebeln und Knöpfen gestanden, und der Baptist wäre samt seinem Klumpfuß am liebsten hineingesprungen in den Wienerwald und hinauf auf den Kahlenberg und eingedroschen auf den Feind.

Nach einer Zeit zog Mälzel einen Verbindungsdraht aus dem Holztablett. Augenblicklich erstarrte die Schlacht, die Getroffenen hielten im Fallen still, halb in der Luft, halb am Boden, den Jubelnden blieb der Schrei im Hals stecken, die Kanonenkugeln hingen im Lauf, der Rauch rührte sich nicht mehr.

Mälzel lächelte.

»Was habt Ihr gesehen, Abt Siard?«

Der Abt war noch immer so erregt, dass er nicht antworten konnte.

»Oder soll ich Euch lieber fragen, was Ihr nicht gesehen habt? Ich werde euch sagen, was Ihr nicht gesehen habt. Währenddessen könnt Ihr wieder zu Atem kommen. Geschrei und Getöse habt Ihr gehört, Klirren und Donnern, blauen Rauch habt Ihr gesehen und weiße Knochen – aber Blut, rotes Blut, das habt Ihr nicht gesehen. Ein gewaltiges Schlachtfest und kein Tropfen Blut. Hat Euch das nicht gewundert?«

Nein, den Abt hatte es nicht gewundert, er hatte es gar nicht gemerkt. Wenn man nichts mehr im Kopf halten kann außer Draufschlagen und Dreinfahren, dann passt man nicht auf, ob dabei ordnungsgemäß Blut verschüttet wird. Das wird einfach vorausgesetzt.

»Aber ein frischer Krieg ist es doch gewesen und eine fröhliche Schlacht? Wollt Ihr weitermachen? Wollen wir die Soldaten auferstehen und sie die Schlacht noch einmal schlagen lassen? Vielleicht dass Ihr Euch diesmal für einen anderen Ausgang entscheidet?«

Mälzels winzige Hände schwebten schon über dem Holztablett. Abt Siard lief rot an. Baptist verstand, dass der Abt sich schämte, weil er so unchristlich zugeschlagen hatte. Auch wenn es nur Knöpfe und Hebel gewesen waren, die er gedrückt und an denen er gezogen hatte. Auch wenn es nur kleine, eiserne Automaten waren, die da starben.

»Aber die Angst war doch da? Und das herrliche Gefühl zu triumphieren? Es war doch alles da, nur das Blut hat gefehlt, nicht wahr, Abt?«

An der Seite ist der riesenhafte Schachtürke gesessen und hat mit seinen leeren Augen in den Wienerwald geschaut. Gesagt hat er natürlich nichts.

Und Nepomuk Mälzel, Erfinder des Metronoms und weltberühmter Prothesenbauer, erklärte Abt Siard, dem Gottesmann, was er gesehen hatte. Und warum er, Mälzel, es ihn hatte sehen lassen.

»Wenn man den Menschen zivilisieren will«, sagte er zum Abt, »und gerade das Zivilisieren wäre, wenn ich es recht sehe, die Aufgabe Eurer Kirche, wenn sie das zwischendurch auch gerne mal vergisst, fürs Zivilisieren, also, fängt man mit dem Schlimmsten an. Man fängt mit dem Krieg an. Wenn erst einmal das Schlimmste auf zivilisierte Weise erledigt wird, dann geht der Rest locker von der Hand. Meine Wiener und meine Osmanen hier, die unterscheiden sich von den echten Wienern und Osmanen und vom echten Kahlenberg durch ihre Größe. Durch nichts sonst. Meinen Schachtürken, wenn Ihr anschaut, der ist dagegen schon so groß wie ein kräftiger Mann. Dass er ein Automat ist, erkennt man nur, weil ich die Ruckelei in seinen Bewegungen noch nicht genügend abgerundet habe, weil er das mit dem Augenlid nicht richtig hinbringt und die Oberlippe nicht steif genug macht. Je größer der Automat, desto eher erkennt man das Unrunde. Ein lösbares Problem. Wenn ich erst einmal fertig bin, werden meine Maschinen uns anderen Menschen so ähnlich sein, dass es schmerzt.«

Mälzel goss sich Wein ein.

»Und jetzt stellt Euch vor, ich baue nicht nur einen einzelnen Schachtürken mit guten, gerundeten Bewegungen. Stellt Euch vor, ich baue – und zwar im genauen Menschenmaßstab! – hundert Türken, tausende, ganz Anatolien baue ich, Dörfer, Städte, Provinzen und Armeen. Die Schlacht am Kahlenberg mit Automaten so groß wie das Leben. So groß wie Ihr, Abt. So groß wie der Baptist mit seinen langen Gliedern. Und genau so unvollkommen, wie wir im wirklichen Leben ja auch sind. Ein komplettes Automatenheer, türkisch, französisch, österreichisch, genuesisch, je nach Konflikt und ganz wie es gewünscht wird. Ich drücke ihnen Gewehre, Bajonette, Geschütze und Pferde in die Hand. Da habt Ihr ein Heer, für das Tapferkeit kein Begriff ist. Weil es nicht weiß, was Angst ist. Ein Heer, das nicht blutet und nichts säuft außer einem seltenen Kännchen Öl. Da geht keiner von der Fahne, und das Vieh in den Ställen und die Frauen in den Häusern werden nicht angerührt, solange ich dafür keinen Hebel vorsehe. Ich sage voraus, Abt Siard: Wenn erst einmal nicht mehr wir selber, sondern wenn Automaten für uns in die Schlacht ziehen, wenn der Krieg auf diese Weise erst einmal sachlich geworden ist, dann ist auch mit der weiteren Zivilisierung kein Halten mehr. Und das alles«, Mälzel hob das Glas, als wollte er der Zukunft zuprosten, »das alles ist nichts weiter als eine Frage des Maßstabs. Schach, Fliegen oder Fallen, Krieg oder Frieden sind Maßstabsfragen. Kleine Soldaten, kleiner Krieg und am Ende kleiner Frieden. Große Soldaten, großer Krieg und großer Friede.«

Die Weingläser wollten nachgefüllt sein. Baptist kam nicht drauf, warum der Mälzel dem Abt diese Predigt hielt. Schwungvoll war sie ja, und mit Begeisterung vorgetragen. Aber ging es nicht um etwas anderes? Ging es nicht um Merle, die es in der Ahornkiste einfach nicht mehr aushielt? Um Mälzels Schulden?

»Ich habe euch gesagt, dass ich auf dem Weg nach Genua bin, es pressiert mir ziemlich, in die Neue Welt zu kommen. Ich spekuliere nämlich, die Neue Welt ist auf meine Erfindungen moralisch besser vorbereitet. Die Neue Welt bleibt beim Türken nicht stehen, die geht unaufhaltsam weiter. Man hat dort weniger Vorurteile, erwartet sich von der Zukunft nur das Größte. Das ist Nepomuk Mälzels ureigenes Feld. Und es trifft sich großartig, dass Amerika augenblicklich die Absicht hat, die Zivilisation nach Kuba zu exportieren. Jetzt muss man nur noch Kuba den spanischen Plantagenbesitzern wegnehmen, die stur am Mittelalter festhalten. Wie löst Johann Nepomuk Mälzel das Problem? Er löst es, indem er der Neuen Welt eine Armee automatischer Soldaten verkauft. So löst er das Problem.«

Begeistert stürzte Mälzel sein Glas Wein hinunter. Abt Siard hatte schon wieder seine Finger auf den Knöpfen. Merkte selber wahrscheinlich nicht einmal, dass er gleich wieder das Schreien und Stöhnen und den Kanonendonner anschalten würde.

»Viel Geld hat der Amerikaner nicht. Aber er kann ja seine Kriege beim Mälzel erst einmal auf Kredit beziehen. Das kommt alles mit Zins und Zinseszins und tausendfach wieder rein. Denn ein zivilisierter Krieg ohne Blut und mit Öl ist nur der Anfang. Fabriken wollen gebaut werden, monumentale Fabriken, um frische Automaten herzustellen. Ich werde auch den Kubanern einen Trupp Soldaten verkaufen, dann belebt die Konkurrenz das Geschäft, und es geht schneller mit dem Fabrikenbau. Die mechanische Industrie wird einen sagenhaften Aufschwung erleben, die Hüttenindustrie, das Verkehrswesen. Irgendwo müssen meine automatischen Soldaten, die Gewehre, Kanonen und Pferde schließlich hergestellt werden. Gepanzerte Schiffe schweben mir vor und natürlich Flugapparate. Ganze Fabrikstädte werde ich dem Amerikaner und dem Kubaner hinstellen. Wir könnten auch ein Eisenhüttenwerk in Schussenried, ja Abt, in Schussenried! brauchen, das nur nebenbei. Berge von Eisen will ich abbauen, Kupfer und Kohle. Schiffe will ich, die das heranschaffen, und Menschen, die entladen und den Reichtum zu meinen Fabriken schaffen, wo Tausende schrauben und ölen und erfinden und rechnen. Den Krieg gewinnt, wer die besseren Automaten baut. So zivilisieren meine Automaten den Menschen. Am Ende wird man nicht mehr unterscheiden zwischen Automat, Mensch und Soldat, das geht alles in Einem. Und jeder hat zu essen. Und keiner blutet. Am Ende siegt nicht der mit der größeren Grausamkeit. Sondern der mit den gescheiteren Automaten.»

Merle hatte aus der Ahornkiste ein Stück Brot geholt, das sie mit Butter bestrich.

»Erst mal gegen den Deschapelles gewinnen, Vater. Das wäre das Wichtigste. Sonst bleibt die Neue Welt, wo sie ist, und wir bleiben, wo wir sind. Und dazwischen sehr viel Wasser. Wenigstens die Schiffspassage sollten wir bezahlen können, wenn wir schon die Schulden hier lassen.«

Merle redete, als sei der Abt gar nicht im Raum.

Selig sah Mälzel seine Tochter an. Egal, was sie sagte, jedesmal hatte der Vater das Gefühl, es sei neu und geistreich.

»Ja Merle, du hast recht – und damit kommt unser Türke wieder ins Spiel.«

Alle Blicke wandten sich weg vom Wiener Kahlenberg, hin zu dem riesenhaften Türken mit den leeren Augen und der unzureichend versteiften Oberlippe. Der saß dort und brachte nicht einmal ›Schach!‹ heraus.

Mälzel erklärte nun, dass man manchmal eben etwas List brauchte, um die Menschen zu ihrem Glück der Zivilisation zu bringen. Dass automatische Soldaten an ihrer Stelle Kriege führen könnten, das würden sie ihm erst abnehmen, wenn eine Maschine sie im Schach besiegt. Merkwürdig genug, dass sie glaubten, das bisschen Hin und Hergehüpfe mit Bauern und Türmen und Pferden erfordere mehr Schlauheit als einen anderen niederschießen. Aber so sei es nun mal, und solange der Professor Babbage und die Gräfin Lovelace mit ihren

Lochkarten nicht so weit sind, muss man Versprechungen auf die Zukunft machen. Solche Versprechungen reden nämlich gerade jene Zukunft herbei, die sie versprechen. Und schließlich könne die Menschheit auf den Frieden und die Zivilisiertheit nicht mehr Ewigkeiten lang warten. Damit nahm er behutsam die Hand des Abtes von den Knöpfen herunter und legte sie ihm in den Schoß. Wenn der Abt schon wieder auf den Schlachtenlärm drückte, wäre jede gesittete Unterhaltung unmöglich.

»Vater, ich habe dir gesagt, dass ich es keinen Augenblick länger in der Kiste aushalte, ich kann den Husten nicht mehr unterdrücken, der überfällt mich, wenn ich die Ahornkiste nur sehe. Willst du einen hustenden Türken gegen Deschapelles ins Feld schicken, in einen Kampf, den ich verlieren werde, wenn ich nicht vorher schon in der Kiste ersticke?«

Mälzel antwortete nicht. Sein Blick ging wieder zu Baptist mit seinem Klumpfuß.

»Nein!« sagte Merle. »Kommt nicht in Frage. Nein Vater. Sonst gehst du allein in die Neue Welt.«

»Sei gescheit, Merle. Wir haben keine Lochkarten und keinen Dampf. So lange brauchen wir einen in der Ahornkiste. Der heute das tut, was der Türke morgen schon allein und viel besser kann. Es ist doch nicht für ein ganzes Leben.«

Merle schaut auf den Boden und schüttelte den Kopf. Auf ihren Wangen brannten rote Flecken.

»Baptist«, sagte Mälzel, »kannst du uns einen Augenblick mit deinem Abt allein lassen? Bitte. Hast du nicht gesagt, du hättest nach einer Olive schauen wollen? Dann tu das, während ich Abt Siard einen Vorschlag mache. Wenn er zustimmt, erfährst du es früh genug.«

Baptist zuckte mit den Schultern und verließ die Werkstatt. Wenn Mälzel es wollte, würde er in die Ahornkiste kriechen und gegen Deschapelles spielen. Was war daran so schwierig? Wahrscheinlich würde er verlieren. Andrerseits, vielleicht geriet sein inwendiger Schachspieler so in Wut, dass er den Deschapelles packte? Ausgeschlossen war das nicht.

Der Baptist ist hinaus in den Klostergarten und hat sich neben die Olive hingesetzt. Mehr ein kahler Stecken, kaum dass man ihr den Baum angesehen hat, der sie hätte werden sollen. Es ist einer der letzten Septembertage gewesen, im Grunde schon Oktober, der Boden kalt. Der Baptist hat es nicht gemerkt, wie er vieles nicht gemerkt hat. Weil er es nicht hat merken wollen. Oder es war ihm gleich.

An seinem Olivenstecken ist der Baptist sehr gehangen. Überhaupt an Bäumen. Die können auch nicht davonlaufen.

Nach einer Zeit ist Merle herausgekommen, hat sich umgeschaut, ob sie den Baptist sieht, sich dann neben ihn gesetzt.

Der Nachmittag ist spät gewesen und diesig. In den Kirschzweigen haben die gelben Blätter geglüht und haben nicht herunterfallen wollen, nicht um die Welt.

Ob er verstanden hat, wofür der Vater ihn haben will?

Schon. Er soll in diese Ahornkiste steigen und gegen den Franzosen spielen, hat der Baptist geantwortet. Er glaubt halt nicht, dass er den Franzosen schlägt. Höchstens, wenn seinen inwendigen Spieler eine unbändige Wut überkommt. Das ist vorgekommen.

Die Wut ist nicht das Schwierige, hat die Merle mit ihrer tiefen Stimme gesagt. Das andere ist das Schwere. Jetzt erst ist dem Baptist aufgefallen, dass Merles linke Ohrmuschel eine fein gearbeitete Prothese sein musste. Wahrscheinlich elfenbeinern. In dem diesigen Nachmittag hat man es nur gemerkt, wenn man sehr genau hingeschaut hat. Ihre andere Muschel, die rechte, war weniger vollkommen.

»Du passt nicht in die Ahornkiste, das ist das Schwierige.«

»Dann baut dein Vater eine größere, in die werde ich schon hineinpassen. Er kann doch eh alles bauen, was er sich vornimmt.«

Baptist hat seine Glieder angeschaut, sich überlegt, wie er die zusammenfalten muss, dass er in die Kiste passt. Merle war wirklich viel kleiner als er.

»Eine größere Kiste geht nicht wegen dem Maßstab. Wegen dem richtigen Maßstab kann Vater keine größere bauen. Er will etwas anderes.«

Baptist hat mit den Schultern gezuckt. Dann will Mälzel halt etwas anderes.

Bis zur Alb hinüber hat man kaum noch sehen können, es ist schon zu viel Abend im Diesigen gewesen. Hinter der Alb, erst da wären die Welten angegangen, die Baptist hätte entdecken wollen.

»Er muss deinen Fuß abschneiden. Den Klumpen. Und ein Stück vom Unterschenkel. Sonst passt du nicht in die Ahornkiste. Er will dir dafür eine feine Prothese machen. Die kannst du anlegen, wenn du nicht in der Kiste steckst.«

Baptist ist nicht erschrocken. Er ist auch nicht empört gewesen. Hat selber oft genug gedacht, wie leicht sich das anfühlen müsste ohne den Klumpen da. Freilich, man gewöhnt sich an das, was man hasst. Nach einer Zeit gehört es halt doch zu einem. Ohne Weiteres trennt man sich davon nicht mehr. Aber den Gedanken, dass er morgens aufwacht und der Klumpen ist weg, und er kann auf und davon in Länder gehen, die noch keiner gesehen hat, den Gedanken hat er selber oft genug gehabt.

»Vater sagt, dass du sogar ohne Klumpfuß immer noch zu lang bist. Er muss dir den anderen Fuß auch abschneiden. Du müsstest es lernen, aber wenn du es einmal gelernt hast, würdest du auf zwei Prothesen viel sicherer gehen als auf einer.«

Dass es eine Ausgewogenheit geben muss, hat der Baptist verstanden. Sehr gut hat er das verstanden.

Besser als jeder, der über seine geraden Füße nie nachdenkt.

»Würdest du mich anschauen, ohne Füße?«

Das war das Einzige, was den Baptist jetzt gekümmert hat.

»Ich bin die Tochter vom Prothesenmacher Mälzel. Natürlich schaue ich dich an. Außerdem hast du doch selber gesehen, wie fein die Gliedmaßen sind, die der Vater baut. Hättest du gemerkt, dass der Türke Holzhände hat?«

Der Baptist hat gesehen, wie Merle mit dem kleinen Finger über ihre elfenbeinerne Muschel hin gestrichen hat.

»Ach, weißt du Merle, vorstellen kann ich mir das schon. So fest habe ich mir gewünscht, dass der Klumpen weg ist. Der andere, den hätte ich eigentlich behalten wollen. Der hat mir ja nichts getan. Aber wenn dein Vater sagt, es ist besser mit zwei Prothesen..«

Es ist still geworden. Die beiden haben jetzt vielleicht überlegt, ob da hinten im diesigen Nachmittag die Alb überhaupt noch steht.

»Die Prothesen sind nicht das Schwere. Hunderte hat der Vater von der Sorte gebaut. Das Schwere ist das Abschneiden. Füße werden im Krieg weggeschossen. Die Leute kommen zum Vater, wenn die Wunden verheilt sind, nur dass jetzt halt was fehlt. Der Vater hat noch nie einen Fuß abgeschnitten. Es graust ihn. Er sagt, er kann kein Blut sehen.«

Merles tiefe Stimme war so sachlich, als würden sie von einem Schaf reden, das geschoren werden musste. Dass weit hinten in ihrer Stimme eine Art Zittern gewesen ist, wird der Baptist sich eingebildet haben.

»Wegen dem Abschneiden, weil er dabei Hilfe bräuchte, hat Vater dem Abt das Geheimnis ja überhaupt nur verraten. Aber auch der Abt hat noch nie einen Fuß abgeschnitten. Er sagt, in Schussenried ist so was der Fall bisher nicht gewesen. Kamille würde er kennen, Eisenhut, Frauenhaar und Ginster. Aber einen Fuß, das traut er sich nicht zu. Ein Gebet könnte er wohl sprechen, wenn das gewünscht wird.«

»Ich meine, ich hätte in deiner Ahornkiste aufgeschlagene Bücher gesehen, einen Atlas für Anatomie?«

»Das ist wahr. Wenn ich gerade nicht Schach spielen muss, helfe ich dem Vater, seine Prothesen bauen. Wenn man genau weiß, wo die Knochen sind, und wie die Sehnen ansetzen, wie die Muskeln daran ziehen, und wie das ganze Blut dorthin kommt, dann werden die Prothesen genauer. Ich kenne jede Faser in deinem armen Fuß, Baptist.«

Die Merle hat noch ein Stück von ihrem Brot übrig gehabt. Das hat sie jetzt herausgezogen, es dem Baptist hingehalten. Hat selber hineingebissen, wie der nur den Kopf geschüttelt hat.

»Ja dann, Merle, warum machst du es dann nicht?« hat der Baptist gefragt. Es hätte mutig klingen sollen.

Erst hat Merle darauf nichts gesagt. Nur aufgehört, ihr Brot zu kauen, weil sie jetzt Baptists Frage hat kauen müssen.

Dann hat sie ihm erzählt, dass es oft nicht gut geht mit den Prothesen. Dass der Brand in die Füße kommt, die eigentlich nicht mehr da sind. Der Brand steigt in den Stumpen vom Unterschenkel, und weiter hinauf ins Knie, manchmal noch höher und dann müsste eigentlich das ganze Bein bis da oben weg, aber keiner weiß, wie das geht. Und der Brand steigt in den Menschen und breitet sich aus und bringt ihn um. Auch wenn der Krieg schon lange aus ist. Der Vater sagt, die Stumpen sind schuld, weil die nicht richtig zuheilen wollen. Selber beschweren die Leute sich nicht, weil sie die Prothese von der Kaiserin geschenkt bekommen haben.

»Aber oft geht es doch gut aus?« hat der Baptist gefragt, als wäre die Rede von ganz anderen Füßen, nicht den seinen.

»Ja, oft. Vielleicht auch bei dir, Baptist. Bloß – wirst du den Schmerz packen? Die Leute, die aus ihren Kriegen zum Vater um Prothesen kommen, die sagen, wenn du hinaus musst, bist du schon darauf gefasst, dass dir irgendwas passiert. Du weißt nicht, was es sein wird, irgendwas ist immer. Und dann kommt die Kugel wirklich, und du siehst sie nicht. Bevor du dich umschaust, ist der Fuß weg. Du hast erst einmal gar keine Zeit für Schmerzen. In meinem Atlas steht, welchen

Weg der Schmerz geht. Wie ich ihn dir wegnehmen soll, das steht nicht drin.«

Darauf hat der Baptist nichts zum Sagen gewusst. Jetzt hat er gemerkt, dass die Erde kalt gewesen ist, auf der er neben Merle gesessen ist.

»Schade, Merle. Ich wäre so gerne weg. Aber wenn du nicht abschneiden kannst, bleibe ich halt.«

Aus dem Diesigen ist der Abend über die Alb herüber gekommen. Merle hat jetzt eine Schere in der Hand gehabt. Die hat groß ausgeschaut in ihrer Hand.

»Schneiden kann ich schon«, hat Merle gesagt, sich zur Seite gedreht und den kahlen Stecken der Olive, der bisher noch keiner den Baum angesehen hat, knapp über dem kalten Erdboden abgeschnitten.

Ob Merle oder ob Baptist das Spiel gegen Deschapelles gewann, kann nicht berichtet werden. Niemand sah die beiden am Sonntag. Es ist durchaus möglich, dass das Spiel überhaupt nicht stattgefunden hat.

Nepomuk Mälzel jedenfalls ist in der darauffolgenden Woche mit seinen Welten nach Genua und von dort aus über das Meer. Er soll in Amerika einen stürmischen Erfolg gehabt haben und ist bis nach Kuba gekommen. Von seinen Schulden war nie mehr die Rede.

Baptists Spur verliert sich in diesen Jahren. Einige wollen ihn zusammen mit Nepomuk Mälzel in Philadelphia, New York oder Havanna gesehen haben.

Andere wieder behaupten, sie hätten ihn zur selben Zeit in Polen gesehen, was natürlich nicht geht. In einem gottverlassenen Schtetl habe er gesessen und mit einem Mann namens Jakab Lewenthal Schach gespielt.

Später ist er Schachlehrer in Wien gewesen, das wollen gleich mehrere wissen.

Es gibt beim Schachspiel etwas, das man »Allgaier-Gambit« nennt. Ich habe mir sagen lassen, ein Gambit ist, wenn man das Spiel gleich damit anfängt, dass man Figuren opfert. Es heißt, das Allgaier-Gambit ist eine scharfe und sehr riskante Eröffnung. Ich verstehe nichts von Schach, trotzdem kann ich das nicht glauben. Vielleicht hat es ja noch einen anderen Allgaier gegeben.

Ich war der Einzige, der am dritten Jänner 1823 dabei war, als sie dem Baptist die Erde auf den Kopf gaben. Das war in Wien und nicht in Schussenried. Soviel ich sehen konnte, war die Kiste, die sie für ihn gezimmert haben, lang genug. Seinen klumpigen Fuß hätte er zum ersten Mal im Leben bequem hinlegen können.

Hinweise

Der Titel des Buches ist die erste Zeile des Gedichts von Emily Dickinson: »Hope is the thing with feathers« in: The Poems of Emily Dickinson, hrsg. R. W. Franklin; Harvard University Press, 1998

Für die Zitate von Gustav Mesmer waren die wichtigsten Quellen zwei wunderbare Bücher
(Bezug über: *www.gustav mesmer.de*):

»Gustav Mesmer, ›Ikarus vom Lautertal genannt‹« Fotokatalog, hrsg. Gustav Mesmer Stiftung; 72138 Kirchentellinsfurt,

»Gustav Mesmer, Flugradbauer ›Ikarus vom Lautertal genannt‹«, hrsg. Stefan Hartmaier, Martin Mangold, *www.gustav mesmer.de*; 72138 Kirchentellinsfurt, 5. Auflage 2004

Der Titel der 3. Erzählung: »Oh, die Menschheit und all die Passagiere!« ist der Ausruf von Herbert Morrison, dem Radiosprecher der Chicagoer Radiostation WLS, am 6. Mai 1937, am Ende einer live-Reportage über die Landung des LZ 129 »Hindenburg« in Lakehurst. Bei der Landung entzündete sich die Wasserstoff-Füllung. 36 Menschen kamen ums Leben.

Die Beschreibung des Schachtürken ist die Übertragung eines Abschnitts aus dem Essay von Edgar Allan Poe »Maelzel's chess player«, erschienen im Southern Literary Messenger, April 1836, nachzulesen:
http://www.eapoe.org/works/essays/maelzel.htm

ISBN 978-3-86351-422-8

Lektorat: Thomas Kraft, Herrsching am Ammersee.
Umschlaggestaltung: Christiane Hemmerich
Konzeption und Gestaltung, Tübingen
nach einer Idee von Moritz Lichtwarck-Aschoff, Berlin.
Titelfoto: Fotolia, Alexander Potapov.
Herstellung: Horst Schmid, Mössingen.
Satz: CompArt, Mössingen.
Druck und Einband: Pustet, Regensburg.

Mehr über das Verlagsprogramm von Klöpfer&Meyer
finden Sie unter *www.kloepfer-meyer.de*

Johannes Schweikle
Fallwind
Vom Absturz des
Albrecht Ludwig Berblinger
Roman
KLÖPFER & MEYER